이 세통의 편지가 당신을
원하는 곳으로 데려다 주기를 ..
신 경숙

작별

곁에서

신경숙

연작소설

작 별
곁 에 서

창비

이미 나와 작별한 이들에게,

N과 P선생님께

차례

봉인된

시간

전화도 안 되고 전기도 끊겼네. 컴퓨터를 켜지 못하니 이메일을 확인할 수도 없군. 단수가 되어 밥을 지어 먹을 수도 없고 히터가 작동하지 않아 밤이 되면 으슬으슬 한기가 들고 추워. 공항은 폐쇄되고 학교는 휴교령이 내리고 버스, 열차도 끊겼다네. 선생이 여기 머무는 동안 매일 스케치한 맨해튼 지하철도 끊겼어. 삼십년 넘게 이곳에서 살면서 저런 바람 소리는 처음 들어보네.

나를 잊었나?

선생이 뉴욕을 떠난 후에 남기고 간 서울 전화번호로 계속 전화를 했었네. 신호는 가는데 받질 않았어. 서울에 도착은 잘 했는지? 베를린에서 그룹 전시회가 있다고 했던 말이 기억나는군. 어쩌면 베를린으로 찾아올 시인 친구를 따라 그 친구의 집이 있는 도시에 갔다가 서울로 돌아가게 될지도 모른다고 했었지. 친구가 살고 있는 도시에서 비엔날레가 열리고 있다고도. 한동안은 벨은 울리는데 선생이 전화를 받지 않으니 아직 집으로 돌아가지 않고 친구와 함께 있는가? 싶기도 했네. 그마저도 너무 길어진 후로는 선생이 받지 않는 전화를 걸 때면 머릿속에 바람이 부는 것 같더니 실제로 저렇게 바람이 부는군.

선생이 무사히 돌아갔다면 오랫동안 비워둔 집으로 돌아간 거니 당분간 많이 분주하겠지, 짐작하면서도 전화를 받질 않으니 걱정이 되었어. 혹시 무슨 사고가 났나? 처음엔 매일 아침저녁으로 전화를 했었네. 서울과 여기 시차가 있어서 못 받는가 싶어 서울 시간 아침 열시와 저녁 열시에 맞춰서 전화를 하기도 했었지. 집이 비어 있는 것인가? 선생이 받지 않으면 선생의 딸이라도 전화를 받을 수 있을 텐데…… 어떤 식의 통화도 되질 않았네.

그게 벌써 석달째군.

한번도 통화가 되지 않는 걸 보면 내가 전화번호를 잘못 알고 있는 건 아닌가 하는 의심도 들어. 그런데도 선생에게 전화 거는 걸 멈출 수가 없었네. 그렇게라도 선생과 연결되어 있다는 것을 확인하고 싶어서였는지도 모르겠어. 서울로 돌아가 새 휴대전화 번호가 생기면 바로 알려주겠다고 했었는데…… 생각하며 수화기를 내려놓곤 했네. 고국으로 돌아간 선생과 어쩌든 연결되어 있고 싶은 내가 할 수 있는 일이 전화 거는 일뿐이라니 좀 어이없기도 해. 요즘엔 누군가에게 전화를 걸면 신호음이 음악 소리던데 선생의 집 전화 신호음은 내가 서울을 떠나던 때의 그 오래된 따르릉, 소리여서 정겨웠네. 통화는 되지 않고 따르릉, 소리만 듣는 것에 익숙해지기까지 했어. 받지 않겠지, 하면서도 계속 걸었어. 언제부턴가 신호음이 울리기 시작하면 하나, 둘, 셋, 넷, 다섯…… 세어보곤 한다네. 서른까지 세고는 전화를 끊었지. 서른. 1979년부터 지금까지 매해 서울을 떠나온 지 일년, 이년, 삼년 세다가 서른에 이르렀을 때…… 더이상 세지 않았네. 서울을 떠나온 지 서른한해, 서른두해, 서른세해라고 세어본들 이제와 무엇이 변하겠나.

선생이 전화를 받지 않을 뿐인데 서울 전체가 내 전화를 거부하는 것 같은 이 마음은 또 뭔지 모르겠네.

마주 앉아 있다면 내가 선생이라고 부른다고, 그리 부르지 마시라니까 또 그러시네, 하겠지. 그냥 내버려두게. 나보다 나이가 어리다고 선생이라고 부르지 말라는 법도 없잖은가. 내가 선생이라 부르는 걸 많이 불편해하는 것 같아서 몇번인가 골똘히 그럼 뭐라 부를까 생각해본 적도 있으나 나는 그쪽을 선생이라고밖에 달리 부를 호칭이 없네.

어제 쓰던 것을 이어 쓴다네.

어제는 다섯시간 동안 바람이 불었어. 보통은 카리브해에서 시작된 허리케인이 플로리다로 상륙해 동북부로 올라오지. 허리케인이 뉴욕에 도착할 때는 대부분 세력이 약해지는데 이번 샌디는 대서양을 통해 곧장 이곳을 관통했네. 강풍의 속도가 시속 130킬로미터라네. 나무들이 우지끈, 소리를 내며 무너지고 있어. 길가의 나무들이 뿌리째 뽑혀 넘어지는 걸 현관문에 달린 조그만 유리창으로 내다보곤 하네. 현실이 아닌 것 같아. 여기저기 촛불을 켜놓은 실내에서 나무들이 쓰러지는 걸 내다보고 있으려니 악마들이 쳐들어오는 판타지소설 속에 들어와 있는 느낌이야. 우리 뒤꼍의 큰 나무들도 반 이상 둥치가 잘린 채 바람에 날아갔네. 어느 집에서는 지붕이나 유리창을 밀치고 들어와 부엌과 거실을 덮치는 나무들도 있겠지. 내가 한국에서 마지막으로 살았던 장위동 집에도 나무가 여러 그루 있었지. 집은 희미해도 잎이며 꽃이며 열매를 보여주던 그 나무들이 기억나네. 나무가 좋아서 여기서도 일부러 나무 많은 집을 택했는데 지금은 나무가 괴물처럼 보이는군. 우우우 ── 무슨 거대한 집단이 내지르는 비명처럼 지금도 바람이 불어. 아무 일도 할 수 없군. 문을 열기라도 하면 내가 허공으로 쓸려갈 것 같아. 바람이 집 안까지 쳐들어오는 건 아니겠지. 새삼 인간의 한계와 왜소함과 무능을 절감하네.

어제 아침에 현관 밖을 내다봤더니 남의 집 살림살이들이 부서지고 뒤엉킨 채 바람에 날려와 황폐하게 쌓여 있었네. 누구네 집 살림살이인지 알 도리가 없지. 오늘 아침에 보니 그것들도 어디로 날아가고 없더군. 이 바람이 멎을 때까지 그 부서진 살림살이들은 바람이 부는 대로 붕붕 흔들흔들 덜컹덜컹 저 허공을 날아다니겠지. 선생에게 이 상황을 어떻게 설명할 수 있을지 모르겠네. 6·25 전쟁 통 같다고 하면 이해하려나? 하지만 선생은 전쟁을 겪은 세대가 아니지. 서울을 떠나온 후 삼십년을 훌쩍 넘긴 세월을 여기 뉴욕에서 사는 동안 수많은 허리케인을 겪었네만 이번 것은 그 어느 것에도 견줄 수가 없어. 선생이 머물던 맨해튼의 다운타운에 전기가 끊기고 빌딩들 사이의 도로엔 허드슨강의 물이 넘쳤다네. 상상이나 했겠는가. 다른 곳도 아니고 세계의 금융과 문화의 중심도시로 불리는 뉴욕 한복판인 맨해튼이 허리케인에 습격당해 속수무책이 될 줄을. 미드타운 쪽은 전기가 끊기지 않았다니 그나마 다행이지. 밤에 뉴저지에서 맨해튼을 바라보면 맨해튼의 절반이 캄캄한 어둠이라고 하네. 마치 어제까지의 도시가 오늘 다른 모양으로 변화한 것 같을 테지.

집 안에 있는 초들을 모두 찾아내 불을 켰다네. 거실에도 부엌에도 식탁에도 이층으로 올라가는 계단 위에도 초를 밝혀두었어. 언제 이렇게 모아뒀는지 집 안 여기저기에서 초가 발견되더군. 색깔도 다양했어. 붉은색 노란색 흰색 푸른색 초들. 크리스마스나 부활절에 받은 선물이거나 가족들 생일 전날 밤에 켜두었다가 남은 것들이겠지. 예전에 프로폴리스와 꿀 냄새에 반해서 아예 만들어 써보려고 밀랍초 만드는 공방에 다닌 적이 있다네. 그때 만들어놓고 잊어버린 초들도 서재 한편에 쌓여 있었네. 밀랍은 벌들이 신진대사 하는 과정에서 나오는 물질이라네. 내게 밀랍초 만드는 법을 일러준 공방 선생은 벌이 밀랍 1킬로그램을 만들려면 꿀을 6킬로그램은 먹어야 한다고 했지. 지금 내 책상에 그중 노란 것을 두개 켜놓았네. 선생이 우리 집에 와봤던가? 아, 딱 한번 왔었군. 뉴저지에 사는 서화백이 우리들을 점심 식사에 초대했을 때 길을 모르는 선생을 서화백의 남편이 맨해튼까지 가서 픽업한 뒤, 여기 웨스트체스터의 우리 집 앞으로 와서 나를 태우고 점심 식탁이 마련된 서화백의 집으로 갔었지. 그때 우리 집을 봤겠군. 그것으로 우리 집에 와봤다고 할 순 없겠지. 집 앞에 차를 세워두고 잠깐 거실에 들어와 차를 한잔 마신 게 다였으니까. 그때 내 방에 들어와봤나? 아니군. 내가 보여주지 않았으니 들어와봤을 리가 없겠군. 미안하네. 내가 선생의 화집에서 오려내 액자에 담아 세워놓은 「비무장지대」를 선생이 볼까봐 민망해 내 방을 보여주지 못했네. 지금 생각하니 그게 뭐 어떻다고? 싶은데 그때는 왠지 그럴 수가 없었네. 항상 마음에 걸리는 일이 있는데 선생이 뉴욕에 일년을 머무는 동안 우리 집에 저녁 초대 한번 못한 거야. 그래서 나를 잊은 걸까? 어린애 같은 생각을 할 때도 있다네. 예전에는 우리 집에 손님들이 많이 오고 갔다네. 손님 스무명쯤은 거뜬히 치러내는 힘이 나에게 있었어. 이 낯선 땅으로 살러 온 사람들이 모여서 내가 만든 고국의 음식을 맛있게 먹는 모습을 보는 것은 이제는 가물가물 기억도 잘 안 나는 내 고향의 한 풍경을 보는 것 같은 느낌이었다네. 지금은 손님을 불러서 내 집에서 함께 식사를 하는 일이 겁이 나네. 밥을 같이 먹다가 어느 순간에 내가 그만 누구도 알아듣지 못할 소리를 지르거나 손님 민망하게도 울음을 터뜨리고 말 것 같거든. 샌디의 강타로 이 세계의 중심도시 뉴욕이 뒤집어지고 있는 상황이 두려우면서도 한편으론 담담하기도 해. 샌디로 인해 벌써 여든명 남짓한 생명을 잃었다는데도 말일세. 왜 이리 담담할까. 지난 삼십여년 여기 사는 동안 내 마음은 늘 샌디가 휩쓸고 간 이 폐허 같았던 것일까.

나를 잊었느냐고 물어서 미안하네. 고국에서 누군가 오면 반갑고 좋아서 내가 먼저 정을 붙여 지내다가 이렇게 내 마음만 남는 과정을 한두번 겪었겠나. 그런데도 왜 매번 나는 이렇게 처음 겪는 일처럼 휘둘릴까.

내가 전화만 했겠는가. 이메일도 수차례 보냈었지. 답

변이 없어 수신확인 기능으로 확인을 해봤지만 늘 떠 있
는 표시는 '읽지 않음'이었네. 가끔 맨해튼으로 나갈 일이
있을 때, 선생이 살았던 52번가를 지날 때면 나는 그리움
때문에 차마 시선을 그쪽으로 돌릴 수가 없었어. 지난 일
년 동안 내가 들은 선생의 말은 내가 떠나온 서울의 말이
었고 선생과의 만남은 내가 떠나온 서울과의 만남이었네.
선생이 얼마간은 귀찮아할 걸 알면서도 참나물이며 멸치
볶음이며 시래깃국 같은 한국 밥상에 오르는 반찬들을 만
들어 선생에게 전하거나 프런트에 맡기고 올 때마다 내가
느낀 희열을 선생이 어찌 알 것인가. 선생에게 김치 참 맛
있었어요,라는 말을 듣는 것, 그것은 나와 내 가족을 잊어
버린 서울이 내게 해주는 말이었다네. 언젠가 선생이 무
심코 뉴욕에는 조기가 없나봐요? 했을 때 내가 속으로 얼
마나 기뻤는지 아나? 조기가 먹고 싶은가 물으니 선생이
고개를 끄덕였지. 선생에게 갖다주기 위해 신선한 조기를
사려고 첫새벽에 생선 마켓을 찾아가던 내 발걸음은 참말
로 사뿐하기도 했었네. 지난 일년 동안 선생은 곧 내게 서
울이었다네.

내가 서울을 떠나오던 그해, 내 나이는 마흔이었네. 그

로부터 삼십사년이 흘러 이제 일흔넷이 되었군. 그때 작별인사를 나누던 사람들 얼굴이 가물가물한데 누군가가 내게 몇살이냐고 물었던 기억이 나네. 마흔이에요, 늙었어요,라고 대답하는 마흔살의 내 목소리도 들리네. 참으로 좋고 젊은 나이였는데 그땐 정말 내가 늙은 줄 알았네. 현역 장교였던 남편이 UN 한국본부로 발령이 나서 나는 아들 둘과 이 뉴욕으로 왔지. 1979년 봄의 일이었어. 우리 가족이 서울을 떠나오던 그해 봄, 그 유난한 봄볕이 수상하긴 했어. 세상 돌아가는 것과는 균형이 맞지 않는 찬란한 봄볕이 쏟아졌지. 서울 가로의 은행나무 새순이 좋은 볕을 받아 금세 손바닥만 해졌고, 북한산의 연두도 그 볕을 받아 금세 초록이 될 듯 뒤척였고, 담장에 기대어 비눗방울을 불던 아이들은 그 볕을 받으며 와르르 웃음을 터뜨렸고, 봄비 고인 골목을 버스가 물을 튀기며 지나간 자리에도 곧 볕이 들곤 했지. 나는 어디든 따사롭게 스며들던 그 봄볕이 불편했네. 폭발 직전의 화차가 다가오는데 봄볕에 홀려 아무도 눈여겨보지 않는다 여겨졌지. 경찰관이 가위를 들고 장발 단속을 하던 시절이네. 티브이 화면에서 유신헌법을 발표하는 대통령을 보며 절망감에 빠졌던 게 나만이었겠나. 그 봄볕 속에서 유신에 반대하는 시민들과 학생들이 셀 수 없이 다치고 끌려갔지. 그래서 UN 한국본부가 있는 뉴욕에 나가서 삼년을 지내다 올 수 있는 기회가 우리 가족에게 찾아왔을 때 나는 그것이 신이 우리 가족을 돌봐주기로 마음먹고 보내준 선물인 줄 알았네. 자유롭게 외국여행을 하기 힘든 때였지. 어쩌든 가족이 서울을 떠날 기회가 오면 다시 서울로 돌아오지 않는 사람들이 많을 때였어. 떠나는 우리 가족을 두고도 돌아오지 않을 걸 미리 점치는 사람들도 있었네. 남편과 나는 그럴 생각이 전혀 없었네. 그러기에는 남편이나 나나 우리 땅을 떠나 살 수 없는 사람들이었다네. 남편은 나라를 사랑하는 군인으로, 모시고 있는 상관을 마음으로 존경했고, 나는 내 모국어로 시를 쓰는 시인이었어. 우리의 운명이 그랬지. UN 한국본부로의 발령은 남편의 상관이 남편에게 베푸는 특전 같은 것이었다고 생각하네. 더 넓은 세상에 나가 많은 것을 보고 경험하고 배워오라는 뜻이었겠지. 우리는 삼년의 임기를 마치면 당연히 돌아올 생각이었어. 그래서 당시 장위동에 있던 집의 관리를 언니에게 맡기고 왔다네. 그 집 마당의 나무들과 작별하며 삼년 후에 내가 다시 내 고국 땅을 밟게 될 때는 사회 분위기가 달라져 있기를 바랐지. 환한 것을 수상하게 여기지 않고 그대로 환하게 받아들일 수 있는 내 나라가 되어 있기를.

  선생은 일년 내내 하필 이 뉴욕의 가장 어두운 지하철
역만을 찾아다니며 스케치를 했지. 개통한 지 백년이 넘
은 뉴욕의 지하철역은 어둡고 침침하기로 유명하지. 가
끔 쥐도 발견된다네. 전화가 터지지 않는 곳이기도 해. 선
생에게 전화를 걸었는데 받지 않으면 또 지하철역에 나가
스케치를 하고 있겠군, 생각했네. 선생의 스케치북에 한장
한장 쌓이던 뉴욕의 지하철역 풍경들이 눈앞에 선하군.

  내가 선생에게 글을 쓰고 있는 이 방을 잠깐 소개할까?
전화도 안 되고 이메일을 보낼 수도 없게 된 이 상황이 오
히려 편안하군. 왜 전화를 받지 않나, 왜 이메일을 확인하
지 않나, 복잡하게 생각 안 해도 되니까. 나는 이 글을 선
생에게 부치려고 쓰는 것도 아니야. 도무지 무엇인가 하
지 않고서는 이 시간을 견뎌내기 어려워 쓰고 있어. 바람
때문에 바깥으로 나갈 수가 없으니 집 안에서 이리저리
발소리를 쿵쿵 내며 걸어다니다가 쓰러지듯이 이 방으로
돌아와 얼굴을 책상에 대고 엎어져 있었다네. 그리운 선
생 얼굴이 떠올랐네. 선생이 안정감 있게 구사하던 한국

어, 내 모국어도 떠올랐어. 선생이 그리는 그림 속엔 고국 산천의 능선들이 바로 눈앞에 있는 것처럼 펼쳐지곤 했지. 철원이며 지리산이며 설악산이 선생의 화폭에서 생물처럼 살아 움직였지. 하이라인파크에서였던가. 그곳을 산책하다가 그때도 불어오는 바람 때문에 내가 걷질 못하고 어느 곳에서 멈췄을 때 앞에 가는 사람들 속에서 빠져나와 내 곁에 서 있어주던 선생. 왜 그러시냐, 어디가 불편하시냐, 묻지도 않고 동행들에게서 뒤처져 쉬고 있는 내 곁에 그냥 함께 서 있어주었어. 내가 먼저 가라고 해도 그저 웃으며 있어주었지. 바람이 우리의 머리칼을 휘날렸고, 선생은 추우세요? 온화하게 웃으며 내 팔에 선생 팔을 감았지. 아무런 뜻도 없는 행동이었을지 모르지만 그때 나는 선생에게서 전해지던 그 온기가 참 좋았다네. 이 사람은 서울서 온 사람이다, 나 혼자 웅얼거렸어. 지금 내게 추우세요? 하며 팔을 감아주는 이 사람은 서울서 온 사람이다, 서울서 온 사람이다, 서울서 온 사람이다…… 열번도 넘게 웅얼거렸을 것이네. 내가 마흔에 서울을 떠나올 때 선생은 열여섯이나 열일곱으로 고등학생이었을 테지. 정말 그렇겠군. 10·26 소식을 선생은 당시 다니던 고등학교 운동장에서 교장선생의 입을 통해 처음 전해 들었다고 했

22

으니. 내가 떠날 당시 열일곱이던 소녀가 장년이 되어 고국의 온기를 전해주려고 내 옆에 서 있는 것 같았다고 하면 과장일까. 나는 그냥 거기 그렇게 선생과 둘이서 오래 서 있고 싶었다네.

  내 방을 소개한다고 해놓고 내 말이 또 길어졌군.

  이 방은 우선 남쪽으로 창이 나 있네. 샌디가 할퀴고 가기 전에는 창문 밖에 측백나무와 산철쭉 은사시나무들이 옹기종기 모여 있었지. 지금은 측백나무가 뒤집어진 채 방을 들여다보고 있군. 둘째 아들 덕분에 뉴욕에 속하는 여기 웨스트체스터에 집을 사게 되었을 때 아들이 대견하고 고맙고 좋으면서도 이제 이렇게 여기에서 집을 가지게 되었구나, 서글프기도 했네. 여기에 이렇게 집을 갖게 되었으니 이제 나는 여기에서 생을 마치게 되겠구나, 싶었어. 이 집으로 이사하던 날 식당 옆에 붙어 있는 이 방에 들어와 창밖의 은사시나무며 산철쭉들을 살피느라 서성이니까 가족들이 내 책들을 이 방으로 날라다주었어. 남편은 아내의 공간으로, 아들들은 어머니의 공간으로 기꺼이 이 방을 내게 내준 거지. 이전 집주인이 이사할 때 무

겹다며 우리에게 싸게 팔고 간 통나무 책상과 고풍스러운 날개가 달린 전등까지…… 이 방은 곧 서재가 되었지. 여기서 책을 읽고 기도를 하고 글을 쓰다보면 이따금씩 평화 같은 게 찾아올 때가 있었네. 아무것도 바꾸지 않았네. 그때부터 지금까지 이 방의 모든 것이 그대로야. 불행히도 창문에 단단하게 짜서 단 덧문은 어젯밤 바람에 날아가고 없군. 내 창문에 달려 있던 덧문은 지금 어느 허공을 떠다니고 있을까. 이 방의 아늑함이 나의 처지와 분수에 맞지 않아서 이 방을 좋아했는지도 모르겠네. 바람에 뿌리 뽑혀버린 저 창밖의 풍경이 나와 어울리는 것이겠지. 선생이 내 집을 방문했을 때 슬쩍 방문이라도 한번 열어 보여줄 걸 그랬군. 그랬다면 내가 알고 지내는 C가 러시아를 여행했을 때 내 생각이 나 샀다면서 선물해준 톨스토이 사진도 볼 수 있었을 텐데. 톨스토이는 여전히 흰 수염에 검은 바지를 입고 하얗고 기다란 윗옷의 검정 허리띠에 손을 찌른 채 자갈과 흙이 뒤섞인 땅 위에 맨발로 서 있네. C는 저 사진을 보고 왜 내 생각이 났는지 모르겠네만 나는 저 사진을 책상에서 보기 좋은 위치에 걸어놓았네. 사진 밑에 쓰여 있는 말 때문이라네. 톨스토이의 집에서 찍은 사진인 듯한데(아마도 맞을 거야. C는 이 사진을

툴라에 있는 톨스토이의 생가에서 구했다고 했거든), 톨
스토이의 집에서,라고 쓰여 있지 않고 톨스토이의 영토에
서,라고 쓰여 있네. 톨스토이의 영토라니, 처음 그 문구를
읽었을 때 내 마음이 요동쳤지. 내 영토, 내 조국에서 저렇
게 맨발로 서서 사진을 찍어볼 수 있는 날이 내게도 올 것
인가? 이 방에 있을 때는 매번 대지를 당당히 딛고 서 있
는 톨스토이의 맨발을 바라보게 되네. 그 맨발을 보면서
상상해보곤 하지. 선생 생각엔 만약 톨스토이가 이 시대
의 이민자로 뉴욕에 살았다면 어떤 작품을 썼을 것 같은
가? 안나 카레니나는 기차역이 아니라 지하철역에서 죽
었을까?

책상에 엎어진 채 깜박 잠이 들었던 모양일세.

그사이 이 방에 켜둔 두개의 초가 다 타서 눈을 떴을 땐
이미 사방이 캄캄했네. 몇시인지 모르겠군. 나는 더듬더
듬 초 하나를 찾아내 촛농이 수북한 촛대에 꽂으려고 노
력했어. 자꾸 더듬거렸네. 아무리 어둠 속이라지만 이젠
눈이 침침해져서 촛대에 초를 꽂는 일조차 제대로 못하는
구나, 마음이 처지려는 순간 어떤 손길이 스스럼없이 초

를 촛대에 꽂아주고 불을 켜주었지. 이봐, 이리 줘, 내가
밝혀줄게,라고 말하는 목소리도 들리는 것 같았네.

　스무살 때 그이를 처음 만났네. 광주로 국어교사 자격
시험을 보러 갔었을 때야. 내 형제 중 둘째 오빠가 고등군
사반 훈련원의 대위로 근무 중이었지. 거기서 묵으며 시
험을 치고 음성으로 돌아가던 1959년 12월 25일이었어.
오빠가 박중위를 소개하며 이 사람 집이 서울이니 기차
갈아타는 데까지 함께 가라고 했지. 박중위는 통역장교
출신으로 훈련을 받으려고 광주에 내려왔다가 서울 집으
로 가는 길이라고 했어. 우리가 함께 탄 호남선 기차 안은
크리스마스인데도 조용했어. 이따금 차창 밖을 내다보면
맑은 겨울 하늘에 파란 별이 떠 있었네. 충북선으로 갈아
타는 나를 플랫폼에 서서 바라보던 그 박중위가 훗날 남
편이 되었다네.
　박중위를 만나기 전의 나는 어떤 사람이었느냐면 파울
첼란의 시에 빠져 있는 시인 지망생이었지. 시를 습작하
며 첼란의 시를 외우고 다녔네. 선생이 곁에서 어디 한번
외워보세요, 해주었으면 좋겠군. 기도하소서, 주여. 우리
에게 기도하소서. 우리가 가까이 있나이다.「테네브라에」

의 부분 부분은 지금도 외울 수 있어. 그랬군. 그 젊은 날
엔 의미도 모른 채 그에게 열광했었네. 그의 시가 한국어
로 번역 출간되기도 전에 나는 그의 시를 읽었네. 독일에
서 교회 봉사활동을 위해 건너온 선교사 덕분이었어. 그
는 한국어를 몹시 잘했고 소일거리로 파울 첼란의 시를
한국어로 옮겨서 내게 보여주곤 했지. 뉴욕에 오고부터는
생존자로 살아가느라 그와 멀어졌다가 이십년 가까이 지
나고서야 나는 그의 시들을 다시 읽기 시작했지. 파울 첼
란의 시들을 읽고 있으면 나의 고통들이 아주 하찮아지곤
했으니까. 그래서 계속 읽어왔겠지. 그는 루마니아에서
태어난 유대인으로 태내에서부터 독일어를 들었다네. 독
일어로 쓰고 독일어로 말하고 독일어로 생각하며 성장했
어. 제2차 세계대전 중에 그의 고향은 나치와 소련이 번갈
아가며 점령했다네. 그의 양친은 독일어로 말하는 군인들
에게 사납게 끌려가 무참히 죽임을 당하지. 그 혼자만 살
아남았어. 종전 후에는 프랑스로 건너가네. 프랑스의 호
텔 맨 꼭대기 비좁은 방에서 독일어로 시를 쓰며 살아간
다네. 독일에서 이름난 문학상을 주었지만 그는 파리를
떠나지 않고 무국적자로 살았지. 모국어가 미칠 듯이 그
리우면 오스트리아 비엔나 뒷골목 선술집을 찾아가 거기

에 모여든 사람들이 독일말로 떠드는 소리를 듣다가 돌아오곤 했다네. 그에게 모국어는 양친을 살해한 말인데 한편으로는 시를 쓰게 하는 언어였지. 그는 유대인이었음에도 이스라엘에 갔을 때 히브리어를 쓰는 유대인들 사이에서 엄청난 고립감을 느꼈다고 하더군. 나는 그 마음을 알수 있을 것 같네. 모국어이며 부모의 살해자가 쓰는 언어였던 독일어로 시를 쓰면서 그는 무슨 생각을 했을까. 그로 하여금 쉰살에 파리 센강에 투신하게 한 것은 결국 모국어가 아니었을까, 불현듯 그런 생각이 들 때가 있어.

그 무렵의 나는 야학 선생이기도 했네. 지금은 역시 상상이 잘 안 되겠지만 그때는 중학교에 가고 싶어도 돈이 없어 못 가는 아이들이 많았어. 어린 나이에도 학교 가는 대신 일을 하는 아이들을 모아 공부를 가르치는 야학에서 국어를 가르쳤네. 낮에 어깨에 메고 다니던 구두통이나 아이스크림통을 옆에 놓고 조는 아이들이 더 많았지만 말일세. 대학 사년을 한해에 다 마칠 수 있다는 욕심으로 국어교사 자격시험에 응시까지 했던 거라네. 1959년 크리스마스에 내가 박중위를 만나지 않았다면 그로부터 이십년 후인 1979년에 내가 고국을 떠나오는 일이 없었을지도 모르지. 그랬다면 내가 모국어와 헤어지는 일도 없었을까?

하지만 그날 이후 나에게 세상은 박중위를 중심으로 생각하는 그런 세상으로 바뀌어버렸다네. 박중위가 우리 집을 방문했고 내가 박중위를 보러 면회 다녔네. 경기도 양주군 남면 신산리…… 첫 면회를 갔던 곳의 주소를 아직도 외우고 있군. 그를 찾아가는 길의 땅은 폭삭폭삭했고 바람결은 부드러웠네. 보리밭에 내리는 봄볕이 황홀했어. 면회소에 나타난 박중위의 단정한 군복으로도 봄빛이 따사롭게 비쳐들곤 했지. 우리는 결혼을 했네. 직업이 군인이어서 떠돌아다니기도 많이 했네. 첫 신혼살림을 차렸던 정릉의 셋방부터 속초 바닷가의 셋방까지. 신혼 초에 그이가 오키나와에 있는 정보학교를 마치고 삼개월 만에 돌아오던 날도 있었고, 어린 두 아들을 내게 남겨두고 베트남전에 참전했던 시절도 있었네. 작은애는 업고 큰아이는 걸리면서 편지를 부치러 다녔지. 기다림이란 참 기막힌 것이야. 애들 치다꺼리에 분주한 사이에도 남편의 편지를 가지고 오는 우편배달부의 자전거 소리를 다른 소리들과 구별했으니까. 여름날에 그이 생각에 마음이 뭉클해지면 장롱에서 겨울옷을 꺼내서 햇볕에 말리곤 했다네.

큰아이가 초등학교에 입학할 무렵이었네. 이유 없이 몸

한쪽이 마비되는 것같이 아팠네. 죽음이 아주 가까이 느껴질 정도로 병치레를 했어. 정신을 차렸을 때 나는 시를 다시 써야겠다고 생각했네. 모르겠네. 이렇게 죽을 수도 있겠구나, 하는 생각에 몰렸을 때 왜 하필 다시 시를 써야겠다, 마음먹게 되었는지. 몸이 회복되기 시작하면서 예전에 내가 쓴 습작시들을 읽어주던 선생님을 다시 찾아갔다네. 그 선생님은 중학동에 있는 신문사 논설위원으로 재직 중이어서 우리 집에서 버스로 한번에 갈 수 있어서 좋았다네. 나는 시가 모이면 그걸 들고 선생님을 찾아가곤 했어. 잊을 수 없는 분이었네. 내가 쓴 시에 대해 항상 성실하게 얘기해주고 꼭 칭찬 한마디를 덧붙이곤 했었지. 그렇게 다시 쓰기 시작한 시로 등단을 했다네. 그 무렵 남편은 중령이 되어 철원의 신수리 3사단 보안부 대장으로 있었지. 그이의 숙소는 부대에서 300미터 떨어진 곳에 있었네. 당번병이 세숫물을 떠놓고 면도기까지 챙기며 그이를 도왔어. 나는 토요일마다 김치 항아리가 든 가방을 들고 그이가 있는 전방으로 가는 버스를 타곤 했네. 의정부를 지나 운천에서 내려 다시 버스를 갈아타고 이십분쯤 달리면 남편의 숙소가 있는 신수리가 나왔다네. 그 외진 일선으로 남편을 만나러 서울에서 손님이 온 적이 있었어. 그 손님 중에 신문사에서 일하는 분이 있었지. 그분이 내게 시를 한편 주면 신문에 게재하겠다고 했어. 그때 쓴 시가 「당신의 軍服」이라네. 시작 노트를 써달라고 해서 "나는 군인의 아내로 주말이면 김치 항아리가 든 가방을 들고 시외버스정류장에서 눈비를 맞으며 일선으로 가는 버스를 기다리며 시를 씁니다"라고 써서 주었지. 선생은 모르는 시절 얘기겠지만 그 시를 제목으로 시집을 출판했을 때 놀라운 일이 벌어졌지. 시집이 장안의 화제가 될 만큼 많이 읽혔다네. 그런 얘기를 왜 지금 해주세요? 묻는 선생의 얼굴이 떠오르는군. 그런 얘기를 어떻게 마주 보며 한단 말인가. 무슨 자랑거리라고. 선생과 작별할 때 선생이 나란 사람이 어떤 사람인지나 알고 있었으면 해서 내 이야기를 쓴 책을 봉투에 담아주었는데 읽었는가? 읽었다면 이미 알고 있는 이야기겠네. 지금 내가 하는 얘기들이 그 책에 쓰여 있을 수도 있겠지. 상관없어. 나는 이 편지를 선생에게 부치려고 쓰고 있는 것만은 아니니까. 저 바람 앞에서 무엇을 쓰지 않고는 견딜 수가 없어서 이리 엎드려 있는 거니까. 시집을 내고 매일 수십통의 편지를 받아 읽었어. 안 믿겨도 사실이야. 내 이야기를 내가 아무렇지도 않게 자랑하고 있는 셈이군. 이 촛불이 나를 투명하게 비추는 모양이네. 나를 검열하고 싶진 않으니 이해해주게.

　선생을 처음 만난 날이 생각나네. 선생이 뉴욕에 온다는 소식을 내가 일주일에 한번 글쓰기 수업을 하러 나가는 문화원 쪽 사람에게 들었지. 며칠 머물다 가는 게 아니라 이곳 대학의 객원 연구원으로 와 일년을 머문다고 했지. 누군가는 선생의 이혼 소식을 전하기도 하더군. 그로인한 상처 때문에 고국에서 떠나오는 거라고. 아무려나, 그런 건 나에겐 필요 없는 말들이었어. 나에겐 선생이 내가 사는 곳 가까이로 온다는 것, 그것만이 중요했네. 선생이 이곳에서 그림도 그리고 전시회도 할 거라기에 마음이 설레었어. 그 소식을 들었을 때 내 가슴이 뛰었다고 내가 말한 적 있나? 만난 적도 없는 사람인데 선생은 내게 오래전부터 알고 있는 사람처럼 여겨졌어. 앞서 말했던 선생의 화집에 있는 그림 「비무장지대」를 오려 액자를 만들어 내 책상 앞에 두고 오래 봐왔기 때문인지도 모르지. 문화원 사람은 아는 사람 중에 부동산 매니저가 있는지 물었네. 선생이 뉴욕에서 일년 동안 거처로 삼을 아파트를 찾고 있는데 도움을 줄 수 있겠느냐고. 기꺼이 그 일을 맡

왔지. 안면이 있는 부동산 매니저와 선생이 지낼 만한 장소를 물색하러 다니는 일이 참 즐거웠어. 선생이 일년 동안 머물다 돌아간 52번가의 그 원룸을 찾아냈을 때 마치 내가 살 장소를 찾아낸 것같이 반가웠네. 새 건물이었지. 맨해튼의 오래된 원룸 아파트들은 비좁기도 하지만 무엇보다 세탁물을 런드리숍까지 가지고 가야 하는 것이 한국 사람에겐 익숙지 않은 일이야. 일부러 세탁소에 맡기는 것 외에는 집에서 세탁하는 게 한국 형편이지만 맨해튼은 그렇지 않아. 속옷이며 양말까지도 건물 밖의 런드리숍으로 가지고 가거나 건물 안 공동 세탁기가 놓여 있는 곳에 가서 코인을 넣고 세탁을 하지. 오래된 아파트들은 대부분 다 그렇다네. 집에서 세탁을 할 수 없는 구조로 하수구가 설계되어 있지. 그게 얼마나 불편한 일인지는 여기 사람들도 아는 듯해. 최근에 『뉴욕타임스』에서 젊은 뉴요커들에게 설문조사를 했는데 가장 소유하고 싶은 것은?이라는 항목에 '세탁기가 있는 원룸'이라는 대답이 제일 많았다니까 말이네. 최근에 새로 지은 아파트나 콘도미니엄에는 세탁기가 있다네. 세탁기가 안에 있는지 없는지에 따라 집세도 다르지. 52번가의 그 원룸을 보러 갔을 때 세면장 옆에 세탁기가 놓여 있는 걸 보고 이 집이다, 싶었다네. 비좁긴 하지만 선생이 원했던 것처럼 센트럴파크를 걸어서 십분 안에 갈 수 있는 곳이었고, 도어맨이 프런트를 이십사시간 지키고 있는 것도 마음에 들었네.

선생은 맨해튼을 보고도 놀라지 않더군. 하긴 전에도 여행 중에 짧게 두번인가 방문한 적이 있다고 했으니 이미 본 풍경이었겠지. 1979년 봄 내가 맨해튼을 처음 봤을 때는 나는 무슨 가상도시에 도착한 줄 알았다네. 백년은 더 된 것 같은 거대하고 웅장한 빌딩들이 이루는 스카이라인에서 눈을 뗄 수가 없었지. 빌딩과 빌딩들이 내 머리 위에서 빙빙 도는 것 같았지. 길에서 마주치는 각양각색의 인종들 때문이기도 했어. 내가 그들을 구경했듯이 그들도 나를 구경했겠지. 지금이야 맨해튼 거리에서 아무렇지도 않게 만나게 되는 게 동양인이지만 그때만 해도 드물었어. 얼굴은 달라도 머리는 모두 검은 머리를 한 사람들 속에서 살다가 피부 빛깔이나 머리색이 나와는 너무나 다른 사람들 속에 놓이게 되니 마치 거리 전체가 무슨 퍼포먼스를 하고 있는 것 같았네. 사진으로도 보고 그림으로도 보아왔지만 막상 실물을 대하니 어떻게 이 세상에 이런 도시가 있나? 눈이 휘둥그레졌네. 내 고국과는 완전히 다른 곳에 도착한 느낌이 확연히 들었지. 이곳에서 보내게 될 삼년이 무궁무진하게 궁금해지기도 했지.

이스트강 지하를 지나는 터널 일곱개가 모두 침수되어 통행이 불가능하다네. 지하차도에 차는 없고 범람한 물만 넘실거린다네. 허드슨강과 이스트 강물이 양쪽에서 넘친 거겠지. 고급 주택가들이 많은 이스트빌리지의 도로에는 지붕만 보이는 차들이 낙엽과 함께 둥둥 떠다닌다네. 맨해튼은 물길을 가르며 병원을 향해 가는 앰뷸런스들만 보일 뿐 타임스스퀘어조차 텅 비었다는군.

사람이 없는 타임스스퀘어라니……

이곳에 와서 처음 살았던 아파트가 생각나네. UN 전임자가 리버데일에 얻어준 아파트였어. 이십층이 넘는 높은 건물이었네. 꽤 큰 거실과 침실 두개, 욕실과 다이닝룸이 있었는데 베란다가 제법 넓었다네. 나는 베란다에서 끝도 없는 파크의 숲을 내다보는 걸 좋아했네. 온전하게 숲만 있는 곳을 지나면 숲속에 집들이 있었지. 길도 숲속에 있었어. 그러니 자연 자동차도 숲속으로 달리더군. 숲이 한창 무성한 여름에는 집도 길도 차도 짙은 녹색 숲에 가려 안 보이지만 나뭇잎들이 지고 나면 다 보였어. 남편이 일선에서 근무할 때 봤던 우리 휴전선하고 저쪽 휴전선 사이에 있던 비무장지대의 길이가 4킬로미터쯤 되었던 것 같네. 우리가 살던 아파트와 숲 건너의 집들 사이에 길게 이어지는 밴코틀랜드파크의 숲은 그 비무장지대를 생각나게 했지. 지금 생각하니 참 좋은 동네였어. 남편과 의견이 안 맞아 싸운 날이면 숲 가까이까지 걸어가보곤 했지. 목련꽃도 피어 있고 질경이도 있었네. 베란다에서 보면 버스정류장도 보여서 애들이 학교에서 오는 시간쯤엔 거기 서서 아이들이 버스에서 내리는 걸 지켜보곤 했지. 첫 여름을 맞으면서 남편은 은행에서 돈을 빌려 회색 올즈모빌 차를 구했다네. 시간이 나면 그 차에 나와 아이들을 태우고 뉴욕 곳곳을 돌아다녔지. 아이들에게 보스턴 쪽에 있는 하버드대학이며 뉴저지의 프린스턴대학도 보여주었지. 서울에서 문우들이 찾아왔을 때는 에드거 앨런 포와 워싱턴 어빙의 집도 함께 찾아갔었다네. 은행에서 돈을 빌리는 일, 그 돈으로 차를 사고 그 차에 아이들을 태우고 여행하는 일, 고국에서 친구들이 찾아와 음식을 나눠 먹고 작은 선물을 마련하는 일들이 얼마나 귀하고 소중한지 그때는 몰랐네. 그런 날들이 계속 이어질 줄 알았으니까. 9월에는 사과밭에 가서 사과를 따기도 했지. 아, 초등학생이었던 둘째 아이 담임선생이랑 나이아가라폭포에 간 적도 있었네. 그 폭포의 시원스러운 흰 물줄기는 정말 장관이었지. 나를 빨아들일 것만 같았어. 그해 10월 3일에는 아스토리아 호텔에서 개천절 기념 리셉션이 있었어. 내가 뉴욕에 올 때 작은언니가 정성껏 준비해준 갑사 한복을 입고 참석했었지. 대사 부인을 비롯해 외교관 부인들이 우아하고 막힘없이 구사하는 영어 실력에 주눅이 들기도 했어. 그날이 내가 관직에 있는 남편의 공식 행사에 마지막으로 참석한 날이네. 한국말을 하듯이 영어를 유창하게 발음하는 나이지리아 대사 부인의 검은 얼굴을 부럽게 바라보고 있는 자주색 한복 차림의 내 모습이 떠오르는군. 남편은 내 귀에 대고 모두들 해외에서 지낸 경험이 많은 분들이라 그러니 위축될 것 없다고 말했네. 이 자리에는 당신처럼 한국말로 시를 쓰는 사람은 없어,라고도 했지. 남편은 그런 사람이었네. 남편의 말에 나만 바보같이 여겨지던 마음을 씻어낼 수 있었어. 앞으로 나아가 외국 외교관 부인들에게 리셉션장에 마련된 한국 음식 먹는 법을 설명해주었지. 그리고 다음 날 UN에서 외교관 부인들을 위해 마련한 영어 클래스에 등록도 했지.

　그렇게 한국을 떠나 뉴욕에서 육개월을 지냈을 때 그 날이 찾아왔네.

　아침부터 차가운 비가 추적추적 내린 날이었어. 남편과 내가 이참사관 댁에 저녁을 먹으러 가게 되어 있는 날이었네. 지금도 그런지는 모르겠네만, 그때는 UN 한국본부에 새 외교관이 부임하면 환영하는 의미로 다른 외교관들이 그를 집으로 번갈아가며 초대하곤 했다네. 차례가 다 돌고 나면 맨 마지막에 새 부임자가 그들 모두를 집으로 초대하는 식이었어. 우리가 4월에 부임했는데 10월이었던 그때까지도 그 초대가 끝나지 않고 있었어. 초대자는 이참사관이었어. 그 댁으로 가기 위해 퇴근한 남편의 얼굴이 심상찮았네. 내가 왜 그러느냐 몇번을 물어도 도무지 입을 열려고 하지 않던 남편 입에서 대통령께서 삽교천에서 시해당하신 것 같아,라는 말이 튀어나왔네. 우산을 가지고 나가려고 우산꽂이를 살피던 나는 그 자리에서 가슴이 펑 터지는 줄 알았다네. 괴한이 대통령에게 총을 쏘았다는군. 남편은 고국으로부터 대통령이 시해되었

다는 정보만 들었지 그 내용을 정확히 파악하고 있지 못
했어. 그럴 리가 없다고 했다가 맞는 것 같다고 했다가 도
무지 믿기지 않는 상황에 본인이 혼란스러워하고 있었지.
내게 아무 말도 하지 말라고 했어. 남편이 그렇게 우왕좌
왕하는 모습을 처음 보았네. 바위를 매단 것 같은 무거운
마음으로 아파트 아래로 내려가 우리를 태우고 이참사관
댁으로 가기로 한 남편 보좌관을 기다렸다네. 몸을 웅크
리게 하는 스산한 비가 계속 내리고 도로에 안개가 자욱
한 날이었어. 눈앞에 아무것도 보이지 않았어. 숲도 하늘
도 그 무엇도. 남편과 나를 픽업한 진초록 링컨 차가 아파
트 풀장을 막 벗어났을 때 보좌관이 하늘이 들을세라 숨
죽이는 목소리로, 큰일 났습니다, 대통령 암살이 삽교천
이 아니라 궁정동에서 벌어진 일이랍니다, 대통령은 수도
육군 병원으로 이송되셨으나 과다출혈로 서거하셨답니
다, 부장의 소행이랍니다,라고 했네.

충격이 내 등뼈를 갈라놓는 것 같았네. 저 허리케인이
구십층 빌딩 꼭대기의 크레인을 엿가락처럼 부러뜨려놓
은 걸 볼 때도 그런 충격은 아니었네.

남편이 현역 장교로 뉴욕의 UN 한국본부에 외교관 발령을 받아 서울을 떠나기 전까지 남편의 직분은 대통령을 암살했다는 중앙정보부장의 비서실장이었네. 그가 보안사령관이었을 때 남편은 사령관 비서실장 보좌관이었다네. 뉴욕으로 오기 직전까지 안팎으로 그 댁과 엮인 긴 시간들이 한순간에 스쳐 지나갔어. 아무 말도 잇지 못했다네.

우리를 초대한 이참사관 댁은 깨끗했지. 삽교천 방조제 준공식, 부마에서 학생항쟁이 있었다는 것, 부산에 계엄령이 마산과 창원에 위수령이 발동된 것에 대한 말들이 토막토막 오갔을 뿐 누구도 먼저 얘기를 꺼내려고 하질 않았어. 놀라고 어두운 얼굴로 반짝이는 접시 위에 놓여 있는 버섯요리를 손도 대지 않고 바라보고만 있었다네. 음식들은 차갑게 식어갔고 이참사관 부인은 아이들을 방 안에서 나오지 못하게 했지. 우리 사이에 깊고도 무거운 침묵이 흘러다녔어. 누구도 시해자의 이름은 입에 올리지 않았네. 긴장한 누군가 와인 잔을 바닥에 떨어뜨렸을 때 남편이 내 팔을 잡아끌며 벌떡 일어섰다네. 저희는 먼저 일어서겠습니다, 인사를 하는 남편의 얼굴빛은 그사이에 검게 변해 있었네. 나는 새 부임자의 아내로 그날 그 자리에 모인 사람들을 우리 집에 초대해보지도 못했다네. 그날 침묵의 디너파티를 끝으로 고국과 연결된 우리의 모든 것도 단절이 되었으니까.

그날 이후로 모든 것이 변해버렸다네.

그이의 관직생활, 더불어 우리 가족의 단란한 꿈들도 조각조각 부서졌지. 그날로 우리 가족이 고국으로 돌아갈 수 있는 길도 끊겨버렸지.

어찌할 바를 모른 채 우리 가족은 서로를 붙잡고 있었지. 불안하고 두려웠네. 벨소리만 들려도 우리는 서로의 눈을 바라봤지. 이곳의 10월 마지막날은 핼러윈 데이라네. 사탕을 얻으려고 이웃 아이들이 가면을 쓰고 벨을 눌렀을 뿐인데도 매번 화들짝 놀라며 누가 우릴 잡으러 온 줄 알고 숨을 죽였다네. 우리 가족은 넷이서 한방에서 지냈네. 일상어는 사라지고 모르는 사람이 부르면 대답하지 마라, 누군가 어디를 가자고 하면 절대 따라가면 안 된다, 어떠한 경우라도 서로에게 한시간 안에 연락을 해야 한다, 같은 말들만 남았네. 잠들기 전에 우리 네 사람은 얼굴을 맞대고 성경을 돌려가며 읽었다네. 다른 때보다 소리 내어 읽었어. 우리가 할 수 있는 일은 성경을 읽는 일밖에 없었지.

어찌되었든 유신헌법을 제정한 권력자가 시해되었으니 그 자리에 그 반대의 것이 들어서기를 간절히 바랐다네. 그러나 그것도 물거품이 되었지.

불안한 11월이 지나자마자 12·12가 터졌어. 가끔 생각해본다네. 12·12의 그 병력을 막아낼 수는 없었던 것일까, 하고. 그랬더라면 우리는 집으로 돌아갈 수 있었을지도. 모든 상황은 소망과는 반대로 더 나빠져갔다네. 우리는 소환 명령을 받았지. 죄명은 국가원수 살인죄인의 측근 제1호. 이제 남편은 외교관이 아니었고 나와 아이들도 외교관 가족이 아니었네. 그렇게 갑자기 낯선 이국땅에서 고국으로부터 내팽개쳐졌어. 고국으로 돌아가는 일은 우리에게 너무나 위험한 일이었어. UN 대사도 우리의 귀국을 말렸다네. 신분을 잃고 나니 당장 먹고살 일이 발등에 떨어져서 재봉틀을 구해 리버데일 아파트 베란다에 내다

놓고 바느질을 시작했지. 벨벳 드레스를 입고 먼 숲에 목련이 피는 것을, 비무장지대를 떠올리게 하는 초록의 숲을, 내 아이들이 무사히 버스에서 내리는지를 내다보느라 나가 서 있던 베란다는 내가 삯바느질하는 장소로 바뀌었지. 드르륵거리는 재봉틀 소리가 국가원수 살인죄인 측근 제1호,라고 외치는 소리 같기도 했어. 정신이 혼미해져 손을 다치기도 수차례였지. 월급에서 단 일전도 떼지 않고 봉투째 내게 고스란히 가져오던 남편이 손으로 쓴 내 시가 벽에 걸린 한국의 우리 집, 그 집에서 의좋게 자라던 내 두 아이들, 오랜만에 어머니가 오시면 주무시고 가던 방이 있는 고국의 그 집으로 다시 돌아가지 못할지도 모른다는 위기감이 엄습했네.

우리 가족은 낯선 땅에서 난파선처럼 흔들렸네.

점점 더 나쁘고 흉흉하고 살벌한 소식들과 함께 또 봄이 왔지. 우리는 극도로 예민해져 신문도 숨을 죽이며 읽고 늘 긴장한 채 뉴스를 듣고 봤다네. 이곳 언론은 연일 광주에 대한 뉴스를 쏟아냈네. 젊은이들이 굴비 두름같이 엮여 차에 실려가는 모습, 시민들을 향해 무차별 총을 난

사하는 장면들이 매시간 방영되었어. 어느 날은 피를 흘리며 죽은 시민을 군홧발로 밟고 있는 컬러 사진이 『뉴욕 포스트』1면에 실렸네. 그 사진을 바라보던 남편의 눈은 실핏줄이 터져 붉디붉었네. 그도 군인이었지. 남편의 표정은 참혹하게 일그러졌어. 적응할 틈도 없이 모든 것이 그렇게 뒤바뀌었다네. 바느질을 마친 옷감을 돈과 바꾸기 위해 차를 타면 그냥 눈물만 줄줄 흘러내렸어. 내 조국에서 벌어지는 일들이 모두 거짓말이었으면, 꿈을 꾸고 있는 것이었으면 싶어 혀를 콱, 물어보기도 했다네.

오늘은 비상용 밴이 돌아다니며 물을 날라다주는군. 구조대원에게서 이웃집 소식을 들었어. 나무가 부러지면서 그 집의 이층 침실 벽을 뚫고 실내로 들어가 있다는군. 맨해튼 첼시에는 건물의 삼사층 외벽들만 마치 누가 걷어간 듯이 날아가서 실내가 고스란히 거리를 향해 드러나 있다고도 하더군. 이웃집엔 만두같이 손 많이 가는 한국 음식을 만들 때면 내게로 와서 만두피를 밀어주던 멕시칸이 살고 있네. 얼마나 황당했을까. 구조대원에게 받은 물통을 안에 내려놓고 그 집으로 이어지는 길을 내다보았어. 길은 사라지고 나무들이 보도를 아예 들어올리며 쓰러져 있었어. 전봇대가 넘어져 있고 전선이 얼기설기 엉킨 채 길바닥을 뒤덮고 있더군. 새싹 돋는 봄이나 단풍 드는 가을이면 가끔 걸어보던 길이었는데. 지금은 이웃집으로 가는 길이 마치 정글 속으로 들어가는 것처럼 보였네. 여기 대통령 선거가 열흘 뒤에 있다네. 밴을 몰고 온 구조대원이 허리케인 사태가 심각해서 현 대통령이기도 한 후보가 버지니아에서 유세를 멈추고 뉴욕으로 오고 있다고 전하네. 워싱턴의 연방 재난관리처에서도 긴급대책 회의를 하고 있으니 곧 무슨 조치가 내려질 것이라고. 너무 염려 말라고 위로하고 갔다네.

이 재난에 무슨 조치를 취할 수 있단 말인가.

그해 5월에 시해자는 처형당했네. 야수의 마음으로 유신의 심장을 쏘았다,라는 말을 남기고. 처형당한 그에 대한 한 장면이 내 기억에 선명히 남아 있다네. 그가 보안사령관이던 시절 사령부 과장급 이상 가족들의 회식이 있던 날이었지. 가족들 소개가 차례로 이어졌어. 마지막으로 그들만 남았을 때 우리는 소개가 끝났다고 생각했네. 우리 중 누가 사령관과 그 부인을 모르겠나. 그는 다른 사람들과 똑같은 형식을 거쳤어. 사모님이 우리 여자들 사이에 앉아 있었는데 호명을 해도 쑥스러워 앞으로 나가지 않으려 하니 그가 여자들만 있는 우리 자리에까지 와서 베이지색 슈트 차림의 부인을 데리고 나갔지. 그 정중하고 다정한 모습은 우리 여자들 사이에서 두고두고 부러움 섞인 얘깃거리가 되곤 했다네. 그런 그가 왜 그날 대통령을 향해 총을 쏘게 되었는지 살아오는 동안 수백번도 더 생각했네. 책에 기록되고 세상에 떠도는 이야기들만 존재하는 건 아니네. 누구는 그를 의인이라 부르고 누구는 그를 배신자라 부르지만 내게 그는 의인도 배신자도 아니네. 자신에게 엄격하고 주위 사람에게 다정했던 한 사람의 군인, 내 남편이 존경했던 직속상관으로 남아 있지. 진실은 그 자신만이 알고 있겠지. 꼭 그래야만 했는지에 대한 회의 또한 영원히 계속될 테지.

그가 처형당하고 이틀 후에 남편은 이등병으로 강등되었어.

스물셋에 중위로 임관하여 젊음을 모두 바친 이십이년 군생활이 아무것도 아니게 흩어져버렸다네. 육군 현역 장교로 UN 한국본부에 외교관 발령을 받아 뉴욕으로 건너왔던 마흔다섯의 남편과 갓 마흔이었던 나, 까까머리의 내 두 아들은 뉴욕 땅에 발을 디딘 지 육개월 만에 불법체류자가 되었다네.

남편은 존경했던 사람이 본인과 가족을 고국 땅으로 돌아가지 못하게 만든 사람으로 바뀌었어도 그에 대한 마음을 바꾸지 않았네.

그날 이후 남편의 입에서 '외교관'이라는 말을 딱 한번 들었네.

벌이가 쉽지 않았던 재봉일을 그만두고 맨 처음 한 일은 체인점 '투인도넛'을 차린 거라네. 군인이자 외교관 신분이었던 그이와 시인인 내가 생계를 위해서 커피와 도넛 장사를 시작한 거야. 그이는 박형이나 미스터 박이 되었지. 나는 사모님에서 아줌마가 되었고. 투인도넛 가게 건물 주인이 누구였는지 아는가? 놀라지 말게. 뉴욕의 부동산 왕이라 불린 해리 헴슬리였다네. 엠파이어 스테이트 빌딩의 소유주였으니 얼마나 부자인지 짐작하겠지? 큰아

들이 가게에 게임머신을 들여놓자고 했어. 자기 학교 앞
에 있는 투인도넛 가게에서 사람들이 커피랑 도넛을 먹
으며 게임하는 모습을 눈여겨봤던 모양이야. 아들 권유로
게임머신을 들여놨는데 돈이 꽤 벌렸다네. 그러자 누군가
우릴 고소했어. 가게에 게임머신을 들여놓은 게 불법이라
는 거였지. 설마 헴슬리 그 부자가 직접 고소하기야 했겠
는가만 그 일로 우린 재판까지 가게 되었다네. 재판에서
지면 쫓겨나야 할 판이었는데 우리가 이겼네. 지금도 그
때 생각하면 웃음이 나. 큰아들이 동생에게, 우리가 헴슬
리를 이겼다고 큰 소리로 떠들었거든. 헴슬리가 누군지도
몰랐을 텐데 형이 좋아하니 덩달아 사람들에게, 우리가
헴슬리를 이겼어요! 자랑을 하던 둘째 아들은 고등학교
에 막 입학하던 때였지. 재판을 받을 때 남편은 전직이 뭐
였느냐는 질문을 받았어. 남편은 외교관,이었다고 대답했
지. 그게 마지막이었네. 남편 입에서 나는 외교관이었다,
는 말을 들은 것은.

그러나 재판에서 이겼다 해도 우리 가족의 삶은 진흙
탕 속으로 빠져버렸지.

우리가 처음 시작한 투인도넛 가게는 남편과 나, 큰아

들 그리고 때로는 둘째 아들까지 매달려야 일을 해낼 수 있었지. 체인점이라 일요일도 없었네. 새벽에 집을 나와 밤늦도록 일하다가 집에 들어가는 일상이 반복되었어. 유리창을 깨고 들어온 도둑이 흘리고 간 1센트를 소중히 줍는 일 따위는 아무것도 아니었다네. 사람이 밥을 먹고 사는 일이 얼마나 힘겨운 건지 절실히 알게 되었지. 누구에게도 잘 지내느냐는 안부인사도 제대로 못할 만큼 하루하루가 정신없이 돌아갔네. 조리사가 빠지는 날이면 음식을 내가 했지. 청소하기는 싫어했지만 음식 만드는 것은 꽤 좋아한다고 여겼는데, 조리사 대신 하는 조리는 즐겁지 않았어. 햄버거 안의 고기를 주문대로 굽는 일이 어려웠어. 아무렇게나 내뱉는 영어 발음도 무슨 말인지 구분이 안 가 못 알아듣기 일쑤였네. 에그 샐러드를 만들려면 먼저 달걀을 삶아 껍데기를 다 벗겨야 하는데 시간이 걸리니까 조리사는 그 일을 내게 시키곤 했어. 그제야 알았네. 내가 무엇이든 껍질 벗기는 일은 좋아하지 않는다는 것을. 그래도 감자 껍질을 벗기거나 마늘 까는 일을 도맡아 했는데, 참 성가시고 티 안 나는 일이었지. 일하느라고 하루가 정신없이 돌아가니 잡념이 사라지는 건 좋았네. 그때 시는 딱 두편 썼다네. 고국에서 같이 시를 쓰던 문우가 시는 쓰고 있느냐는 편지를 보내왔을 때 감자 껍질을 벗기던 젖은 손으로 그 편지를 읽고는 지금 내가 원하는 것은 그저 실컷 자는 것,이라고 답장을 쓰다가 괜히 눈물이 나서 그 말 대신 시를 썼었네. 삼년 동안 딱 두편밖에 쓰지 못했지만 그 두편을 쓸 수 있어서 나는 그 시절을 견디어냈네. 그래, 나는 시인이다. 시인을 강등시키진 못한다…… 용기가 났다네. 그렇게 삼년 동안 도넛 가게를 운영하며 돈을 좀 모았는데, 그걸 한푼도 남김없이 아는 사람에게 사기를 당해 빈털터리가 되었다네. 어떻게 그 하루하루를 견뎌냈는지 신기할 뿐일세. 유서를 쓰고 싶은 종이에 '유배가족'이라는 제목으로 시 한편을 또 썼지. 매일매일 그만 살고 싶은 생각과 겨뤘을 때 나를 찾아와주었던 게 시였어. 당시 고등학생이고 대학생이던 두 아들과 남편에게 미안했어. 그 돈은 우리 네 식구가 열심히 일한 결실이었는데 내가 다 엎어놓은 거였으니까. 그때 큰아들이 그러더군. 엄마, 하느님이 세상을 만드신 후 일주일에 한번은 쉬라고 하셨잖아요. 그런데 우린 가게를 일주일 내내 다 열었잖아요. 그래서 그 돈을 잃은 것 같아요. 하느님이 가져갔다고 생각하고 우리 다시 시작해요. 기가 막힌 말이었지. 일주일 내내 일하고 싶어서 한 것이 아니었네. 체인점이라 계약에 따라 쉴 수 없어 그런 것일 뿐이었지. 내가 무슨 일을 할 때마다 내게 닥친 일 중에서 어려운 것만을 찾아 나를 돕던 큰아이. 나를 탓하지 않고 그렇게 말해주는 아들에게서 힘을 얻어 다시 일거리를 찾아다녔어. 집을 나설 때마다 하늘의 새들을 눈여겨보라던 성경 말씀을 새겼지. 새들은 씨를 뿌리지도 거두지도 곳간에 모아두지도 않는다. 그러나 하늘의 너희 아버지께서는 그들을 먹여주신다. 너희는 그들보다 귀하지 않으냐. 아무것도 얻지 못하고 빈손으로 돌아올 때면 무거운 발걸음을 떼면서 너.희.는.그.들.보.다.귀.하.지.않.으.냐. 웅얼거렸다네. 아침 여섯시부터 저녁 일곱시까지 꽃가게에서 일을 한 적도 있군. 장차 그 일로 생계를 꾸려갈 생각을 해봤으나 꽃을 다듬는 일은 채소 다듬는 것보다 힘든데다 시간은 더 들고 팔지 못하고 남은 꽃들은 시들거나 썩어서 쓸모가 없게 되어버려 포기했네. 어떤 일을 해서 먹고 살아가야 하는지를 생각할 때마다 첫번째 기준은 그 자리에 남편을 세워보는 일이었지. 옷가게나 식당, 세탁소나 제과점 앞에 남편을 세워놓고 상상해보는 것, 그것은 아픈 일이었네. 그 무엇도 현역 장교이자 외교관이었던 내 남편에겐 어색한 일이었다네. 남편은 천직이 군인이었으니까. 지금 생각해보니 고국으로 돌아갈 수 없게 된 후부터 남편은 내게 단 한번도 화를 낸 적이 없군. 목소리를 높인 적도 없네. 내가 어쩌다가 우리가 이렇게 되었을까, 참말 하느님은 계시는 것이야? 삶을 비관하고 의심하고 때로 대체 소중한 것이 무엇이란 말인가 토로할 때도 남편은 어떤 식으로든 내게 부정적인 말을 한 적이 없어. 그는 어떻게 그 부박한 세월을 인내해온 것인지 갑자기 선생에게 묻고 싶어지네. 끊고 맺음이 정확했던 남편은 고국으로 돌아갈 수 없게 된 후에 단호한 모습을 보인 적도 없군. 남편은 내 옆에서 함께 감자 껍질을 벗기고 은행 잔고를 맞추기 위해 계산기를 두드리고 먼지를 털고 바닥을 닦고 그랬네. 단 한번 있었군. 누군가 망명신청을 권했을 때 남편은 고국이 나를 버렸어도 망명신청은 할 수 없다고 했어. 그것은 자신도 고국을 버리는 일이고 그때껏 군인으로 살아온 시간을 부정하는 일이라고 말했던 그때.

체인점 투인도넛 가게를 인수한 사람이 내 처지를 듣더니 내게 홀세일(wholesale)을 권했어. 홀세일이라니? 처음에 나는 그 뜻이 뭔지도 몰랐다네. 나중에 알고 보니 '도매'를 말하는 거더군. 그 사람은 자신이 브로드웨이에서 장신구랑 신발 도매를 하는데 배우고 싶으면 자기 가게로 나와보라고 하더군. 그 사람이 알려준 약도를 가지고 브로드웨이로 찾아갔더니 친절하게도 그 가게에 나와서 일을 배워보라고 주선해주었네. 정말 고마운 사람이었네. 고국에서 결혼한 뒤에 시 쓰는 일을 잊고 있다가 크게 아프고 난 뒤에 다시 시를 써야겠다는 심정으로 습작한 시가 모아지면 그걸 읽어줄 분을 찾아다녔을 때처럼, 나는 몇달 동안 아침 일곱시가 되면 그 집으로 가서 물건 사고파는 것을 익혔다네. 모세에게 내려준 지팡이를 내게도 내려달라는 기도가 통했는지 그렇게 수개월을 보내고 있을 때 여기서 수필을 쓰는 분의 오빠가 그동안 운영해오던 주얼리가게를 매도하려고 한다면서 나보고 인수하지 않겠느냐고 물어왔네. 두말없이 결정했지. 다른 도리가 없는데다 믿을 만한 사람이었고 가게가 싸게 나왔으니까. 그렇게 6번가의 ABC 핸드백가게 옆에서 주얼리 도매상을 시작했다네.

선생은 곧 굶어 죽을지도 모른다는 위기감에 놓여본적 있나? 주얼리 도매상을 시작할 때의 내 마음은 그것이었네.

다행히도 가게는 조금씩 자리를 잡아갔어. 아주 머나먼 곳에서 손님들이 찾아왔지. 뉴욕이 무역도시여서 유럽이며 브라질, 아프리카 같은 곳에서 온 보따리 무역상들이 주 고객이었다네. 그들은 물건을 떼서 항공으로 부치곤 했네. 비행기값이며 숙박비, 항공 운송비를 치르고도 이익이 나는지 나는 지금도 그게 궁금할 때가 있다네. 나는 그들을 위해 아주 싼 물건부터 최고급까지 골고루 갖춰놓으려고 노력했네. 장사를 잘하려면 유행 품목을 빨리 체크해서 다른 곳보다 먼저 구비해놓는 게 중요했지. 주얼리는 컬러뿐 아니라 재료 자체가 유행을 많이 탄다네. 유행을 먼저 알아내는 게 힘들지. 유행 정보는 대부분 쇼에서 얻었다네. 그래서 보스턴 밑에 있는 로드아일랜드 프로비던스에서 열리는 주얼리 쇼에 자주 가곤 했지. 유행을 맞춰주지 않으면 물건을 사가지 않으니 미리미리 알고 구색을 갖추는 게 중요했거든. 나무로 만든 것이 유행했다가 세라믹으로 바뀌었다가 구리로 바뀌고 그러지. 그래도 크리스털 목걸이나 후프 귀걸이 같은 것은 꾸준히 나갔다네. 나는 그렇게 유행을 타지 않는 것들이 좋아. 선생이 뉴욕을 떠날 때 내가 챙겨준 앤티크 반지와 목걸이도 그때 것이라네. 주얼리 도매상을 접은 지가 십년이 넘었지만 아직도 내가 죽을 때까지 내가 만난 사람들에게 기념으로 줄 만큼은 가지고 있다네. 가게를 접으면서 유행 타지 않는 품질 좋은 괜찮은 것들로 챙겨두었지. 내가 보낸 시간의 흔적일세. 선생에게 주려고 그걸 포장하면서 선생이 내가 준 반지를 끼고 다니는 일이 있을까? 싶긴 했지만 이 낯선 땅에서 나를 만난 기념으로 주고 싶었다네. 참 고마운 가게였네. 그것으로 우리 가족은 당장 들이닥친 생계를 해결할 수 있었고 내 아이들을 무사히 교육시킬 수 있었지. 이 세상에서 숨을 쉬며 살아가는 셀 수 없이 많은 사람들이 겪는 희로애락을 보고 듣고 함께 겪으며 나는 차츰 내가 이민자라는 걸, 이민자의 삶을, 받아들였네.

주얼리 도매상을 하는 동안에는 4월이 좋고 1, 2월이 싫었네. 4월은 봄이고 부활절이 있는 달이고 곧 5월이 오니 어머니날과 연결되어 물건이 잘 나갔다네. 1, 2월엔 추운 겨울인데다 손님이 반으로 줄었어. 결혼 시즌엔 진주가 인기였지. 라인스톤 같은 건 오스트리아 것이 일품이라네. 여름에는 좀 덜 바빴고 가을이 되면 벌써 크리스마스 시즌으로 들어가는데, 이때는 화려하고 비싼 것이 인기 있었지. 이 나라 여자아이들은 열여섯살 생일을 중요하게 여긴다네. 생일파티에 쓰이는 왕관 같은 주얼리들도 꽤 잘 나갔어. 자메이카 같은 섬에서 오는 이들은 번쩍이는 걸 선호하고, 라틴계는 길게 늘어지는 귀걸이를 좋아했던 기억이 나는군. 백인들은 어두운 골드랑 동물 브로치들을, 흑인들은 뱀 문양이나 코끼리를 선호했다네. 가게에 들어설 때는 아주 반갑게 내게 마마,라고 부르고는 물건을 사갈 때는 본전도 안 되게 깎아서 애를 먹이는 사람도 있었고, 부인이 넷이어서 올 때마다 그 모두의 선물을 사가던 이슬람교도 남자도 있었지. 야단법석을 떠는 성격이어서 가진 걸 자주 흘리고 다니긴 했어도 물건은 참 세련된 걸 고르곤 했던 가나에서 온 휠라도 생각나네. 아프리카의 아비장이라는 데서 마리아가 올 때는 우리 직원들이 뛰어나가서 맞이했어. 삼십분 만에 몇천 불도 넘는 물건을 쓸어가는 고객이었다네. 안 깎아도 미운 사람이 있고 깎아도 밉지 않은 사람들도 있고 그랬지. 매번 와서는 주의 깊게 살피지도 않고 요거, 요거, 요거, 찍고는 여기로 부치라고 주소만 남기고 가는 사람도 있었지.

슬픈 사람들도 많이 만났다네.

푸에르토리코에서 오는 할머니 이름은 엘로사였다네.

아들과 함께 물건을 떼러 오곤 했어. 어느 날 보니 아들이
머리카락이 거의 없는 민머리가 되어 있었어. 내가 왜 머
리카락을 다 밀어버렸느냐 했더니 엘로사 할머니가 머리
를 깎아서 저렇게 된 게 아니라 암에 걸려 머리가 다 빠진
거라며 기도해달라고 간청했어. 한동안 기도할 때마다 엘
로사 할머니의 아들이 낫게 해달라고 빌었다네. 얼마 후
에 다시 왔는데 머리카락이 다시 보기 좋게 올라와 있었
어. 사람들이 기도해줘서 다 나았다고 기뻐하더니 또 오
지 않는 거야. 내가 푸에르토리코로 전화를 했더니 엘로
사 할머니가 그사이 아들이 죽었다며 오래오래 울었어.
하느님의 뜻이라고는 못하겠어서 우는 소리를 듣고만 있
었네. 내 방에 걸려 있는 톨스토이 사진을 구해다준 C는
아들이 셋이야. 두 아들이 국제결혼을 했어. 며느리들이
모두 영어를 쓰고 C도 영어를 잘해서 가족끼리도 영어를
사용하면서 살지. C가 한국말을 쓸 때는 나를 만났을 때
뿐이라네. 외국 며느리들은 C 이름을 친구처럼 막 부르고
그러지. 그러다가 막내아들이 한국 여성과 학교에서 연애
해서 결혼을 했다네. 막내며느리가 처음 C에게 전화를 걸
어온 날 C에게 한국말로 어머님, 하고 불렀는데 그만 너
무 놀라서 C는 네! 하고 학생처럼 대답했다네. C가 그 말

을 했을 때 그저 웃으라고 해주는 얘기인 줄 알고 소리 내어 웃다가 C의 눈가에 눈물이 맺히는 걸 봤어. 모국어가 낯설게 된 사람의 눈물은 처음 보았어.

크리스티는 백인 여성인데 하루는 물건을 고르다가 나 이혼했어, 하더니 갑자기 우는 거야. 남편과 사이가 좋아 보였기 때문에 내가 왜? 물었더니 남편에게 새 여자가 생겼다며 계속 울었네. 내가 나쁜 놈이라고 욕을 하니까 눈물을 훔치면서 나쁜 놈은 아니라며 헤어진 남편 편을 들었어. 십년 살았는데 아들도 생겼고 자기와 아들을 진심으로 사랑해준 사람이고, 어쨌든 자기는 사랑하는 아들을 갖게 되지 않았느냐며 울다가 웃다가 그랬지. C를 비롯해 맥달리아, 프랭크, 짐, 윌리, 실비아, 쟈니, 탄…… 내가 여기에서 함께 보낸 사람들 이름을 어찌 여기에 다 적을 수 있겠는가.

그 이름들과 함께 17년 6개월이라는 시간이 흘러갔다네.

나를 귀국길에 오르게 해준 것은 조국이 아니었다네. 한때 남편의 동료였던 군인도 아니었고 정치가들은 더욱 아니었어. 내 모국어인 시였다네.

가게 일이 한창 바쁜 시간이었는데 영사관에서 전화가 걸려왔지. '한민족 시인대회' 참석자로 선정되었으니 여권 발급을 하기 위해 영사관으로 오라는 전화였어. 여권 발급,이라는 말에 눈앞의 모든 것들, 가게 문밖 브로드웨이의 소란스러움이 정지화면처럼 멈추는 것 같았어. 가게에서 회계를 맞추느라 장부를 들여다보는 남편에게 다가가 여보, 영사관에서 내게 여권을 발급해준대요,라고 말했을 때 남편의 늙은 눈도 내 얼굴에 그대로 고정되어버렸지. 10·26 이후 정권이 세번이나 바뀌는 동안 고국으로 돌아갈 수 있는 사람들을 우리가 얼마나 부러워했는지 아는가. 한번은 택시를 탔는데, 택시기사가 갑자기 낯선 이방인인 나에게 아무런 맥락 없이 자신은 방글라데시 사람인데 떠나온 조국을 사랑하며, 돈이 모이면 방글라데시로 돌아가서 가족이랑 함께 살 거라고 다짐을 했어. 내 얼굴에서 무엇을 느꼈기에 갑자기 그이가 잠시 스치고 지나가는 인연일 뿐인 내게 그런 말을 쏟아놓는지 의아했지만 나는 굿 럭, 굿 럭……을 연발해주었다네. 그 택시기사는 알았을까? 항공료만 있으면 내일이라도 당장 떠나온 곳으로 돌아갈 수 있는 그를 내가 얼마나 부러워했는지.

잠깐만, 누군가 문을 두드리는군.

둘째 아들이 왔네. 내가 걱정되었던 거지. 선생도 만난 적이 있지? 언젠가 선생네 아파트에 가 있던 나를 데리러 왔던 그 아들일세. 저 아인 월가에서 일한다네. 나이가 마흔이 넘었는데 저 아이라고 부르다니. 직장 가까운 곳에서 살고 있는데 내가 걱정이 돼서 퇴근을 이리로 한 모양이네. 다시 평화로워질 때까지 여기에서 출퇴근을 하겠다고 하는군. 허리케인이 시작되는 날부터 계속 여기로 오려고 시도했는데 올 수가 없었다고. 지금은 상황이 좀 나아졌다고. 나는 그럴 것 없다고 괜찮다고, 괜히 고생하지 말고 오늘은 왔으니 자고 내일은 하던 대로 하라고 했는데, 내 말을 들을지 모르겠네. 맨해튼에 있는 아들의 거처도 전기가 끊기고 물이 나오지 않아서 가까운 짐(gym)에 가서 씻고 출근했다는군. 단수는 여기도 됐고 여기는 가까운 짐도 없는데 어디서 씻어? 하니 제가 알아서 할게요, 하는군. 저 아인 저렇게 속마음을 숨긴다네. 일요일이면 나를 자동차에 태우고 마트 다니는 일을 빼놓은 적이 없지. 늙은 나와 주일마다 마트에 가고 싶겠나? 그런데도 제가 즐거워서 하는 일예요 어머니, 그러지. 내 아들들. 한창 예민할 때 여기로 이주해 와서 우리 내외가 겪은 일을 함께 겪었을 뿐 아니라 살아가는 일에 허덕일 때면 두 아들이 나서는 일이 많았어. 큰애는 일찍부터 학교 수업이 끝나면 식당이며 잡화점에서 아르바이트를 하며 우리를 도왔지. 아니네. 도왔다기보다 큰애가 가장 같을 때도 여러 번이었네. 한번은 용커스의 델리숍을 지나가는데 학생이었던 두 아들이 추위에 떨며 도둑을 감시하는 아르바이트를 하고 있더군. 지금도 그곳을 지나가면 그때의 내 두 아들이 거기 서 있는 것 같아.

남편이 영사관 앞까지 함께 가주었지. 나를 영사관 안으로 들여보내며 남편은 침착하게 일 보고 나와, 기다릴게, 했어. 영사실에서 한국 라디오 뉴스를 들었다네. 전두환 피고인에게는 사형이 선고되었다,고 보도하는 여자 아나운서의 목소리를. 내가 17년 6개월 동안 슬픔에 잠겨 그때 12·12의 병력을 막을 수 있었다면 우리 가족이 이리되지는 않았을 텐데, 대상도 없이 원망의 마음이 솟구칠 때마다 어김없이 떠오르던 얼굴에게 사형이 선고되었다는 뉴스였지. 영사는 친절했네. 내 아들들의 병역 문제가 순

조롭게 해결되었다는 말도 해주었어. 남편의 복권 문제도 신경 쓰겠다고도. 17년 6개월의 굴레, 내가 내 나라에 갈 수가 없고 내 형제가 내게 올 수도 없었던, 국가원수를 살해한 대역죄인의 측근 제1호의 굴레에서 벗어나는 순간이었네. 그사이 내가 여섯살에 여읜 아버지 대신 내게 아버지가 되어주었던 큰오빠와, 남편을 만나게 해주었던 작은오빠가 세상을 떠났지. 오빠들의 장례식에도 갈 수 없었던 내 나라. '한민족 시인대회' 이주일 전에 한국에 가도 어떤 구속이나 제지도 없다,는 단서가 달린 우리 네 식구의 여권이 내 손에 쥐여졌다네.

우리 네 식구가 뉴욕으로 가기 위해 비행기를 탔던 김포공항에 17년 6개월 만에 나 홀로 발을 내딛던 날은 10·26 이후 내가 남편과 처음 떨어져본 날이기도 했네.

그동안은 가고 싶어도 갈 수 없는 고국이었는데, 갈 수 있게 되었을 때도 남편은 그러지 않았네. 새로 발급된 그의 여권에는 단 한번도 스탬프가 찍히질 않았네. 남편은 고국이 자신을 이곳으로 보냈듯이 다시 고국이 불러주기를 기다렸던 것일까. 처음에는 위험해서 못 갔고 나중에는 권력의 잔재들에게 정이 떨어졌는지도 모를 일이지. 사랑한 고국산천을 멀리하고 대한민국 장교이며 외교관이었던 남편은 여기서 유배자처럼 지냈다네. 여기 사람들은 남편을 박장로로 기억해. 10·26이며 12·12가 남편의 사고를 경직시켜놓은 것이 있었지. 내가 무슨 말을 하는지 선생은 알아주었으면. 남편은 여기서도 여행을 거의 하지 않았어. 병원 가는 것도 싫어했네. 그이가 늘 가고 싶었던 곳은 고국이었다고 나는 생각하네. 그곳에 가지 않는 한 남편에게 여행이란 부질없는 것이었겠지. 나는 남편의 나태한 모습을 본 적이 없네. 야위고 꼿꼿하고 부지런하고 단정한 모습으로 늘 내 곁에 있었다네.

17년 6개월 만에 방문한 서울의 호텔방에서 티브이를 켰을 때 나는 정신이 번쩍 들었지. 밥상을 앞에 놓고 가족들이 둘러앉아 식사를 하는 장면이 등장하는 드라마가 방영되고 있었네. 17년 6개월 만인데도 귀에 쏙쏙 들어오는 한국말. 고국을 떠난 후로 항상 저 사람이 지금 무슨 소리를 하는지를 알기 위해 늘 긴장해 있던 내 귓속으로 거침없이 파고드는 한국말. 내 말, 내 모국어. 내가 돌아왔다는 것이 그제야 실감나더군. 내가 그리워한 것이 사람이 아니라 말이었나? 스스로 놀랄 정도로 티브이 화면을 뚫어져라 바라보았어. 한 인간에게 모국어란 이런 것이구나, 17년 6개월 만에 만나도 아무 거름망 없이 귀에 둥지를 트는 것이구나, 내가 내 모국어를 얼마나 그리워했는지 한순간 깨달아졌어. 이 말에 베이고 찔리고 잘려도 좋다는 생각을 하며 나는 티브이 앞에 오래 서 있었네.

서울은 몰라보게 변해 있었네. 도무지 옛길을 찾아낼수가 없었어. 높고 즐비한 아파트들이 눈을 찌르고 서점엔 시집들이 넘쳐났네. 나도 변했더군. 우리 가족이 서울을 떠나기 전에 살았던 장위동 집에 가보려고 지하철을 탔는데, 지하철 안의 사람들 머리 색깔이 온통 검은색인것에 내 눈이 놀라더군. 각양각색의 인종들이 이용하는뉴욕의 지하철 안 풍경에 나도 모르게 익숙해진 거지. 나는 공식적인 행사가 없는 시간이면 혼자서 여기저기 찾아가보았네. 빨간 가죽모자를 쓰고 입학식에 갔던 아이들의어린 시절이, 주스와 초콜릿을 사들고 퇴근하던 남편과나의 청춘이 묻어 있는 장위동 집 좁은 화단을 기웃거렸네. 남편이 왔으면 맨 먼저 찾아갔을 처형당한 이의 묘소를 참배하고, 늙은 언니들을 만나고, 내가 없는 사이에 세상을 떠난 오빠들의 얘기를 듣고, 주인 없는 집을 정리할 때 나온 것이라며 1959년도에 내가 쓴 일기장을 건네받고, 조카의 결혼식에도 참석했네. 장교 부부 동반의 정구 대회가 열렸던 운동장을 다시 찾아가 걷기도 했지. 검은 철책의 사령부 앞길을 옆에 남편이 있는 듯이 돌아보기도 했네. 서울을 떠나기 전, 문예지며 신문사, 방송국에서 들어온 청탁원고를 마감하느라 잠을 설치던 나의 서울은 어디에서도 찾을 수가 없었네. 경복궁 대학로 옥수동 모두 내겐 낯선 타향의 거리가 되어 있었네. 뉴욕에 오는 이들은 내가 불러준 주소 하나만 가지고도 단박에 찾아오던데, 나는 어느 한곳을 가려고 해도 수많은 궁리를 해야 가능한 서울이 되어 있었지. 서울의 발전은 실로 놀라운 일이었어. 선생이 뉴욕에 도착했을 때 함께 마중 나갔던 이가 했던 말이 생각나더군. 서울에서 뉴욕을 찾아온 고등학생 친척이 맨해튼을 보더니 무슨 도시가 이렇게 더럽냐며 실망한 눈치를 보이더라고 했어. 서울은 우리가 떠날 때의 모습을 밀어내고 거대한 새 도시가 되어 있었어.

서울에서의 일주일 동안 나는 도무지 잠을 이루지 못했네. 시차 때문이었다면 낮에 졸음이 쏟아져야 하는데

밤과 낮 구분 없이 잠을 잘 수가 없었네. 어느 날부터 변해버리고 없는 나의 서울을 찾아다니는 걸 그만두었네. 잠 못 드는 시간이면 호텔을 나서서 밤의 서울역, 영천시장, 남대문시장, 광장시장들을 쏘다녔네. 사람들이 많이 모이는 곳을 찾아다녔어. 기차를 탈 것도 아니면서 역에 나가 차례를 기다리는 사람들 끝에 가서 줄을 서 있다가 목포행 기차표를 끊기도 했지. 남쪽 사람들 얘기를 들으면서. 재래시장 깊이 들어가서 사람들이 둘러앉아 있는 노천식당 한 자리를 차지하고 여자들이 왁자하게 떠드는 소리를 들으며 후루룩 국수 면발을 삼키기도 했네. 젊은 날 열정적으로 사랑했으나 살아가느라 까마득히 잊고 있던 파울 첼란의 시들이 잠 못 드는 나를 서울의 기차역 야시장들로 인도했어. 그는 인간은 모국어를 통해서만 자신의 진실을 말할 수 있다고 했지. 잠자리를 옮기면 잠을 못자는 불면증이 생긴 것을 처음 알았네. 다시 뉴욕으로 돌아가서도 그랬네. 어디에 있든 잠은 남편이 있는 곳에서야 잘 수 있었다네. 1979년 서울을 떠나기 전에는 없었던 증상이었어. 시장 통을 쏘다니다가 돌아와 호텔 창가에 서서 뜬눈으로 휘황한 서울의 밤을 내려다보는 일도 물리면 뉴욕의 남편에게 전화를 걸곤 했다네. 17년 6개월 만에

서울에서 내가 본 것들을, 선생이 뉴욕의 지하철역들을
세세하게 스케치하듯 남편에게 전해주었지. 그것이 서울
에 돌아와 잠들 수 없었던 밤에 내가 한 일이었네. 그이는
숨죽이고 내 말을 들었어.

　뉴욕에서 숨죽이며 서울에서 내가 전하는 말에 귀 기
울이던 그이는 지금 웨스트체스터 공원묘지에 누워 있네.
나무가 많은 숲속이야. 나무보다 산새가 더 많아서 새소
리가 끊이지 않는 곳이니 지금은 새소리를 듣고 있겠지.
걱정이 되는군. 그 공원묘지의 나무들은 저 바람에 무사
할는지. 그 옆에 내 자리도 마련해놓았네. 가끔 묘지를 찾
아가서 비석에 떨어진 나뭇잎을 손으로 쓸어내며 남편과
함께했던 결혼생활을 생각해보곤 해. 어느 순간, 우리가
상상했던 삶이 방향을 뒤틀어버렸어도 남편과 함께했던
사십여년의 시간은 내게 오로지 고마움뿐이지. 남편이 떠
나고 나는 남편 원망을 많이 했어. 이곳에 나를 남겨두고
가버리다니 믿기지가 않았어. 지금도 이따금 어떻게 나를
이렇게 혼자 두고 떠날 수가 있느냐는 원망이 뿜어나올
때가 있어. 삼년 임기로 왔다가 삼십년 넘게 이곳에서 살
고 있지만, 이곳은 나에게는 아직도 서툴고 낯선 땅일 뿐.

나는 지금도 누군가를 만나고 나서 일어설 때면 여보, 하고 그이를 부르기도 하지. 어디 계시나? 하고 그이를 찾아 눈을 두리번거리지.

삼년 전 부활절 무렵이었어.

남편에게 심한 빈혈증상이 나타나 병원을 찾았는데 대장암이었네. 평소에 복용하는 약도 없었고 건강했기 때문에 진찰 결과는 충격이었지. 주기적으로 내시경을 해왔으면 일찍 발견해 치료했을 것을, 남편은 병원 가는 것을 아주 싫어했어. 자세도 흩뜨리지 않았던 사람이었어. 서둘러 입원을 하고 수술을 단행했지만 이미 다른 곳에도 전이된 뒤여서 손쓸 수가 없었어. 퇴원해서 키모세러피라는 약물치료를 했네. 가끔 그 약물치료가 남편에게 너무 독한 것은 아니었을까, 후회될 때가 있네. 다시 여기 웨스트체스터 병원에 입원을 했지. 그는 끝내 복권되지 못하고 이등병으로 세상을 떠났어. 무더운 여름날 두 아들과 내가 지켜보는 가운데. 그이는 마지막까지 내게는 이루 말할 수 없이 좋은 남편이었네. 병중에도 곁에 있는 내가 힘들까봐 나는 괜찮아,라는 말을 달고 살았던 그런 사람이지.

너무나 갑작스럽게 남편을 잃어서일까. 날이 갈수록 남편의 부재가 더 실감나곤 하네. 그이가 내 곁에 없는 게 사실인가? 싶을 때가 있어. 선생이 여기 와 있을 때 내가 어느 날 퍼부었던 그이에 대한 원망을 기억하나? 그날 하이라인에서 느낀 건강 이상 때문에 병원에 갔었지. 가슴에 콩알만 한 종양 같은 게 생겼다고 했어. 그 일로 나도 주사치료를 열번을 받았네. 남편이 받던 그 약물치료였지. 주사를 맞으면 일주일 동안 어지럽고 정신을 차릴 수 없이 나른해지곤 했지. 선생이 와 있을 때 내가 아파서 많이 미안했어. 건강한 모습을 보여주었으면 좋았을걸. 주사는 한달에 한번씩 맞았는데, 맞고 나면 일주일은 도시 뭘 먹으려고 해도 속이 울렁거려서 음식을 먹을 수가 없고, 좀 걸으려고 해도 발을 헛디디는 것같이 균형감이 없었어. 일종의 항암치료였지. 주사를 맞으려고 병원에 갈 때면 어김없이 그이가 생각났어. 대기실에 앉아 있을 때 그이가 세상을 떠난 것이 실감 났지. 그렇지 않다면 분명 내 옆에 앉아서 함께 기다려줄 텐데 말이지. 1979년 10월 26일 이후 나는 그이와 떨어져본 적이 없네. 1979년 10월 26일로부터 17년 6개월이 지난 후 나 홀로 서울을 다녀왔던 그 며칠을 제외하고는 나는 언제 어디서나 남편과 함께 있었네. 나는 스무살도 안 된 소년도 일흔살 노인도 하는 운전을 여태 못 배운 사람이지. 이 드넓은 땅에 살면서 운전을 못한다는 건 어느 곳에도 가지 못한다는 것을 뜻하지 않나. 내가 어딘가를 가야 할 때면 항상 남편이 운전을 해주었어. 내가 나가는 모임에도 교회에도 어디에든 말이지. 하루 이틀 사흘이 쌓여 삼십년을 그리해주었네. 내가 맨해튼에서 만날 사람이 있을 때면 그이는 나를 태우고 함께 나와서 내 만남이 끝날 때까지 다른 곳에서 기다려주곤 했지. 나는 그이의 한 부분이라도 된 듯 그이 없이는 아무 일도 못했어. 여기에 살면서는 언어로부터 자유롭지 못해 더 그랬지. 우리는 그렇게 긴 세월 동안 조국이 우리를 버린 시간들을 함께 통과했어. 그런 남편이 나보다 먼저 세상을 떠나다니. 나 혼자 병원에 오게 하다니…… 그이가 이 세상에 없다는 실감으로 인해 눈물이 쏟아졌네. 처음에는 원망으로 시작된 눈물이 곧 혼자 병원에 와 있는 나를 보고 있다면 그이 마음이 얼마나 아플까?로 번져갔어. 그이는 어디든 나 혼자 다니게 하질 않았네. 어디든 함께 갔고 함께 있었네. 그랬던 그이가 병원 대기실에 혼자 앉아 있는 나를 보면 마음이 얼마나 좋지 않을 것인가. 대기실에 앉아 이제는 이 세상에 없는 그이를

향해 나 혼자 있는 거 보지 말아요, 보지 말아요…… 탄식
하기도 했지.

　독수리는 하늘에서 칠십년쯤 산다고 하네. 조류 중에
서 인간의 수명과 비슷한 건 독수리뿐이지 않을까. 무리
를 이루지 않고 홀로 하늘을 날며 날쌔고 힘차게 사냥을
하는 독수리지만 삼십년쯤 지나면 노쇠하여 부리가 구부
러지고 발톱이 뭉개진다네. 뿐인가. 구부러진 그 부리가
자라기까지 해서 목을 찔러 스스로 목숨을 위협받고 오래
된 깃털은 무거워져 높이 날 수도 없게 된다네. 다시 태어
나든가 그대로 죽든가 해야 하는 순간이 독수리의 생애에
찾아든다네. 살아남고자 하는 독수리는 홀로 높은 산정
으로 날아간다지. 암벽에 홀로 앉아 날카롭게 자라 살 속
을 파고드는 발톱을 구부러진 부리로 뽑아낸 뒤에 바위에
스스로 몸을 부딪쳐서 무뎌진 부리를 부서뜨린다네. 그렇
게 피투성이가 되어 새 부리와 발톱이 자라나기를 기다린
다고 해. 새 부리로 맨 먼저 무엇을 하느냐면 낡은 깃털을
하나하나 뽑아내는 일을 한다는군. 그러고는 다시 창공을
날 수 있는 새 날개가 돋을 때까지 고통 속에서 기다리지.
그 과정이 수개월이 걸린다는군. 홀로 높은 암벽에 올라

가 스스로 오래된 부리를 부수고 발톱과 깃털을 뽑아내는 늙은 독수리를 상상해본 적 있나? 내 삶이 벽에 부딪힌 것 같을 때면 나는 그 독수리를 생각하곤 했어. 새 부리와 새 발톱과 새 깃털을 얻어 창공을 날아오르는 새롭게 태어나는 독수리를.

  남편은 지금쯤 늘 내게 했던 말처럼 정말 괜찮을지도 모르겠다는 생각을 하지. 늘 뒤에 후회가 많은 나에 비해 남편은 후회 없이 매 순간 더할 수 없이 최선으로 살았으니까. 나는 그이가 후회하는 것을 딱 한번 보았지. 오래전 외출해서 집에 돌아오는 행위조차 자유롭지 못하고 위험을 느꼈던 그때 처형당한 상관이 남긴 글이며 사진 등을 불태웠던 것. 처형당한 그의 흔적을 지우는 일은 그 당시 서울과 뉴욕에서 동시에 일어난 것 같아. 10·26 직후 서울의 그의 가족들이 맨 먼저 한 일도 수권에 이르는 일기장들, 전화 메모들, 그가 읽던 책이며 동료들과 찍은 사진들을 소각하는 일이었다고. 끝내 고국에서 버티지 못하고 이곳으로 이주해 와 브루클린에서 햄버거를 굽고 커피를 팔며 살아가고 있던 그의 여동생이 전해주더군.

서울로 돌아가고 싶어도 돌아갈 수 없었던 17년 6개월 동안은 조국이 우리 가족을 버렸다고 생각했어. 깊이 사랑한 것으로부터 버림받은 기억은 아문 후에도 마음에 폐허를 남기지. 우리 네 식구는 타의로 시작된 이곳에서의 삶이 어떤지에 대해서 속마음을 털어놔본 적이 없네. 내가 서울에 딱 한번 갔다고 말하자 왜 서울에 다시 가지 않느냐고 선생이 물었지. 시인이 모국어와 그렇게 등지고 살아서 되겠느냐고도. 그때 내가 뭐라고 대답했나? 대답을 하기는 했는가? 조국과 정부는 다르다고 생각하네. 딱 한번 서울에 다녀온 후 알게 되었네. 조국이 우리 가족을 버린 게 아니라 정부가 우릴 버린 것이었다는 걸. 남편이 그렇게 그리워한 곳에 돌아갈 수 있게 되었을 때에도 가지 않은 마음을 이제는 이해할 수 있네. 내 아들들이 제대로 살아보지도 못한 조국이지만 마음에 품고 살아가주기를 바라는 이유이기도 하지. 이 나이가 되면 자식의 침대가 놓여 있는 곳이 조국인지도 모르지. 모국어와 떨어져 살면서 모국어로 시를 쓰는 일은 쉽지 않네. 내가 써놓고도 뭔가 채워지지 않는 게 있어. 서울에서 온 누군가가 특정한 단어를 집어내며 이 말은 지금은 아무도 쓰지 않는 사라진 말이라고 하면 가슴이 철렁 내려앉고 이마는 서늘해진다네. 그런데 말이네. 그 철렁함, 그 서늘함이 나로 하여금 계속 시를 쓰게 해왔던 것 같네. 앞으로도 그러겠지. 모국어와의 거리감을 느낄 때마다 나는 서늘한 마음으로 책상에 앉아 시를 쓰겠지.

이 글을 며칠 이어 쓰는 동안 샌디가 상처들을 남겨놓고 물러간 모양이네. 내가 선생에게 쓰는 이 모국어 덕분에 이 난리 속의 며칠을 보낼 수 있었다는 생각이 드는군. 선생이 여기를 다녀간 다른 사람들처럼 나를 잊었다 해도 원망 않겠네. 선생이 제자리에 무사히 돌아갔기를 바랄 뿐이야. 우리가 지금 연결되지 않아도 맨해튼 14번가에 있는 예술극장에서 「피나(Pina)」를 함께 보았던 순간들이 사라지는 건 아니지. 피나가 내뿜었던 고통스러운 에너지와 격렬한 내면투쟁과 걷잡을 수 없이 돋아나던 생명력들을 같은 공간에서 공유했던 순간들. 그 순간들은 선생이 어디에 있든 내가 어디에 있든 우리가 다다를 곳에 동반되겠지. 내 인생이 어디에 다다를지 나는 아직도 모르지만 말이네.

폐쇄되었던 공항에 다시 비행기들이 취항하기 시작했

다네. 학교의 휴교령도 풀렸겠지. 전기는 아직 끊겨 있네. 시속 130킬로미터의 속도로 불던 바람은 어디로 갔을까. 바람이 멎자 이제 주유 대란이 시작되었어. 전기가 끊긴 지역 주유소들은 기름이 있어도 문을 닫았다네. 기름펌프며 신용카드 결제기며 현금지급기 같은 것도 모두 전기가 있어야 쓸 수 있는 것이라는군. 인류의 지배자는 이제 전기 같아. 전기가 끊기니 대소동이 일어나고 무엇을 해야 할지 무력해지니 말일세. 문을 연 주유소 앞에 기름통을 든 사람들이 피난민들처럼 줄을 서 있다네. 아들은 오늘도 내가 있는 집으로 퇴근을 했네. 차에 주유를 하기 위해 두시간을 기다렸다고 하네. 그래도 자신은 기름을 넣을 수 있어서 다행이었다고. 운전하는 중에 기름이 떨어져 도로에 그냥 방치해둔 차들이 많더라며 어미를 향해 웃어주는군. 이층 제 방으로 올라가려던 아들이 주머니에서 내 휴대전화를 꺼내주었네.

이걸 언제 가지고 나갔을까?

회사에서 충전을 해왔다고 했어. 맨해튼 다운타운 쪽은 아직도 전력이 공급되지 않아 전쟁터 같다네. 마켓이나 레스토랑 냉장고의 음식들이 녹고 썩어서 풍기는 냄새가 지독하다고도. 전기나 인터넷을 쓸 수 있는 스타벅스나

던킨 도넛, 문을 연 은행이나 공공안내소 같은 데 사람들이 몇시간씩 줄을 서서 차례를 기다린다네. 전기를 충전할 수 있는 곳이면 어디나 말이지. 아들에게 나무와 전신주들이 저렇게 쓰러져 있는데 통화가 되겠나? 물으니 안될 거라고 대답하네. 그렇다면 뭐하러 애를 써서 충전을 해왔냐, 하니 그래도 해야 할 일은 해야 될 것 같아서요,라고 대답하는군. 그러니 어머니, 아껴 쓰세요, 꼭 전화를 해야 할 곳만 하셔요. 도무지 앞뒤가 맞지 않는 말을 하면서 아들은 방으로 들어갔네. 무슨 소리일까? 통화가 안 될 거라면서 아껴 쓰라니, 꼭 전화를 해야 할 곳만 하라니. 초에 불을 붙여 아들의 방으로 가지고 올라갔네. 어둠 속에 서 있던 아들이 초를 받으며 어머니, 믿기지 않겠지만 우리 회사에서 두 블록 내려가면 주택가가 있는데, 오늘 물이 거기까지 밀려들어서 상어 한마리가 주택가 도로까지 떠밀려왔어요, 그러더군.

　　—상어가?

　　—네, 상어가요.

　　—그럴 리가 있어? 바다에 있어야 할 상어가 어떻게 주택가까지 와?

　　—저도 처음에 믿기지 않아서 구경 갔었어요.

——………

——분명 상어였어요. 사진 찍어뒀어요, 보실래요?

아들이 윗옷 주머니에서 휴대전화를 꺼내 이리저리 터치하더니 이거 보세요, 하면서 내 앞에 내밀었네. 내가 정말 상어인지 확인하려고 아들의 휴대전화를 받아 촛불 가까이 가져가보니 배 부분이 하얗고 등이 검은 덩치 큰 물고기가 도로변 주택가 계단 위에까지 밀려든 물속에서 출렁거리고 있었다네.

——이게 정말 상어야?

——그렇다니까요.

내가 다시 한번 보려고 침침한 눈을 비비며 들여다보려는데 물방울 튕기는 소리가 나는 것 같더니 휴대전화가 꺼져버렸네. 내가 휴대전화를 흔들어보자 배터리가 다 된 거라며 상어 맞아요, 내일 다시 보여드릴게요, 아들이 상어임을 확인해주지 못한 것을 아쉬워했다네. 방전된 휴대전화를 다시 주머니에 넣으며 아들이 어머니, 우리 브루스타에 밥해 먹어요, 하더군. 전력이 끊긴 뒤에 어미가 밥을 해 먹은 적이 없다는 걸 알아챈 거겠지. 좋은 생각이라고 말해주었네. 봄이 오면 쓰러진 측백나무 주위로 돌미나리순이 올라올 거라네. 어린 시절 동네 개천가에 지천으로 있던 것들이야. 여기 토양은 돌미나리가 자라날 수 없다 했어도 내가 파종한 돌미나리들은 봄마다 푸르게 얼굴을 내밀었지. 봄이었으면 그걸 뜯어다 삶아 무쳐 먹을 수 있었을 텐데. 아들이 옷 갈아입고 금방 내려가겠다고 해서 아들 방에서 먼저 나왔네. 밴이 와서 배급해주고 간 물을 떠서 쌀을 씻다가 정말 상어였단 말인가? 아들 방을 쳐다보며 고개를 갸웃거렸지. 선생은 믿을 수 있겠는가? 아무리 샌디가 거셌다 해도 맨해튼의 한복판 주택가에까지 상어가 밀려왔다는 걸?

상어는 그후에 어찌 되었을까? 생각하니 마음이 무연해졌네. 쌀을 씻던 손의 물기를 닦고 일주일 만에 선생에게 전화를 걸어봤지. 이제 신호조차 가지 않았네. 그래도 나는 지난 석달 동안 그래왔듯이 하나 둘 셋 넷 다섯 여섯…… 숫자를 세었네. 서울 시간으로 밤 열시에 맞춰 다시 걸어보려면 아들 말대로 배터리를 아껴야 하겠지. 그래서 오늘은 서른의 절반, 열다섯까지만 세고 전화를 끊었다네. 밤 열시에 맞춰 전화했을 때 또 신호가 가지 않으면 아침 열시에 맞춰 다시 걸겠네. 이해하시게. 이러다가 어느 날엔가는 선생에게 전화를 걸지 않아도 아무렇지 않은 그런 날이 내게도 오겠지.

그러지 않겠나?

배에 실린 것을

강은 알지 못한다

너의 작별인사가 담긴 이메일을 받았을 때 나는 지금 너한테 가겠다고 했다. 너를 보러 가야겠다,고. 그것밖에는 아무 생각이 나지 않았다. 나의 청은 너에게 닿지 않은 모양으로 너에게서는 답변이 없었다. 이틀을 기다리다가 통화를 해야겠다는 생각이 들었다. 너의 전화번호를 찾느라 그동안 너와 내가 주고받은 이메일들을 살펴보기 위해 식탁 앞에 앉아 노트북을 켰다. 이삿짐을 싸다가 발견한 앨범을 시간 가는 줄 모르고 들여다보듯 너의 전화번호를 찾기 위해 클릭한 이메일 앞에서 한나절을 보냈다.

마당에 일이 많아서 도와주는 분을 구했는데 서른여덟 살 된 러시아 남자가 왔어. 두 아이를 두고 이혼을 했다는 그 사람은 하루 종일 요기도 안 하고 커피만 마시며 너무 열심히 일해서 좀 쉬고 해요, 했더니 쉬는 건 부자나 하는 거예요, 하더라.

　이메일을 읽다가 너에게서 손편지를 받았던 때가 떠올라 서랍을 뒤져 몇통을 찾아내기도 했다. 손편지는 주로 발굴지에서 쓴 것들이었다. 인근의 큰 시장에 가서 버섯도 사고 홍합도 사서 숙소로 돌아와 밥해 먹고 나른하게 앉아 있어. 비가 내려서 쉴 수밖에 없는 날이야. 비가 내리는 시장엔 사람이 많았는데 채소나 허브 생선은 물론이고 심지어는 말고기로 만든 소시지를 파는 가게도 있었어. 말고기 파는 가게 앞에 살아 있는 말 한마리가 매여 있어서 한참 쳐다봤어. 결혼 후 너는 자주, 앞으로 얼마간 연락이 되지 않을 거라고 쓰고 있었다. 터키의 발굴지로 팀을 꾸려 떠나는데 그곳은 전기가 들어오지 않는다고 칠흑같이 어두우면 별무리는 더 빛나 보이고 달도 더 환하겠지, 불편할지는 모르겠지만 남편이 대장인 팀이고 모두 결속력이 좋은 사람들이라 염려는 안 한다고. 그렇게 몇년 사이에 한달 두달 길게는 한계절씩 너는 너의 스승이며 남편인 대장이 꾸린 발굴팀의 팀원이 되어 시리아로 이라크로 물이 사라진 폐허의 유프라테스강 쪽으로 떠나곤 했다. 예전에 분명 읽었겠으나 처음 읽는 듯 여겨지는 이메일도 있었다. 나 독일로 올 때 십년쯤 공부라는 걸 하고 나면 훨씬 좋은 글 새로운 글을 쓸 수 있을 거라고 생각을 했어, 어리석게도 말이야. 십년이 지나고 박사과정이 끝나고 나니 찾아온 건 무기력과 불안으로 안절부절못하는 나와의 조우였어. 너의 체념과 다짐이 서린 문구에 서늘해지기도 했다. 사람들은 내가 한국을 오래 떠나 있어서 시를 망쳤다고 하더라. 그런 말을 어딘가에서 읽을 때면 마음이 스산해지기는 하지만 읽고 쓰면서 사는 것 말고 내가 할 수 있는 일은 없을 테지. 박사과정을 마치고 네가 결혼을 하고 집이라는 곳에서 살기 시작했을 때 너의 마음도 거기 있었다. 네가 살게 된 집은 마당이 아주 넓다고 했다. 전나무도 많고 꽃도 많다고. 그곳에선 집이 한국처럼 재산목록의 첫 순위로 들어가는 대상이 아니어서 집값이 비싸지 않아 마당 넓은 집에 살 수 있는 거라며 서울에서 살았던 작은 옥탑방, 광화문 스튜디오, 지하방들을 생각하면 지금이 거짓말 같다고 했다. 나이가 든 집이라서 그런지 이곳저곳에서 문제가 생기긴 한다고도 했다. 수도관이 고장 나서 물이 지하실에 고이기에 사람을 불러 고치고 있는데 큰 공사는 끝나고 이곳저곳 작은 수리들이 남았다고도. 네가 전화를 여러번 한 날도 메일에 적혀 있었다. 전화를 여러번 했어, 네 생일이랑 주소 좀 알려고,

내년부터 네 생일을 챙기려고 해. 너 물병자리 아니니? 곧 생일인 거 같은데…… 우리가 언제부터 전화가 아니라 이메일로만 연락을 하게 되었는지 헤아려봤으나 기억이 나질 않았다. 너의 전화번호를 휴대전화 연락처에 입력하고 전화를 걸어보았다. 너는 전화를 받지 않았다. 나는 다시 이메일을 썼다. 너에게 가고 싶다고 그냥 너의 곁에 가만히 있다가 오겠다고. 너의 집 근처 호텔에 방을 얻고 너를 하루에 한번, 두번 혹은 세번만 보고 오겠다고. 몇년 만에 느낀 감정인지 모른다. 누군가에게 내가 그쪽으로 가겠다는 말을 다시 하게 될 줄을 몰랐다. 너에게서는 답신이 없었다. 나는 또 이메일을 썼다. 오늘은 일요일 밤이고 내일이 월요일이야. 네가 오라고만 하면 나는 가장 빠른 날로 비행기표를 끊으려고 한다. 프랑크푸르트에 가서 기차를 타고 너의 집이 있는 도시의 역에서 내리겠다. 역에서 택시를 타고 너에게 갈게. 내가 가도 되는지만 알려줘. 점점 말이 짧아졌다. 너의 집에도 봄이 왔겠구나. 네가 좋아하는 마당에도 나무에도. 그것들 곁에서 잠깐씩 함께 있을 수 있는 시간을 내게 줘. 아무 말도 안 해도 좋아. 한번은 봐야지,라고 썼다가 지웠다. 그냥 얼굴이나 서로 보게,라고 썼다가 지웠다. 썼다가 지우고 다시 썼다가 지우고 남아 있는 말, 너를 한번만 볼 수 있게 해줘, 한 문장만 써서 보냈다. 생각이 날 때마다 전화를 걸었으나 돌아오는 것은 신호음뿐이었다. 너의 곁에 나는 있고 싶다. 딸 곁에 있어주지 못한 나여서 더 너의 곁에 있고 싶어. 나는 작년 가을 전에 너에게서 받은 이메일을 찾아보았다.

해가 가기 전에 너에게 다시 소식을 전하고 싶지만 혹 연락이 닿지 않으면 잘 지내고 있겠거니, 생각해주렴.

그때 나는 그 문구를 한참 들여다보며 아직 가을도 전인데…… 했었다. 무슨 일이 있나? 생각하긴 했다. 네가 살고 있는 나라의 정부에서 꽤 오래전부터 주택에서 사용하는 에너지를 태양열로 대체하는 작업을 대대적으로 지원하고 있는데 너도 그 일을 시작해야 한다고 했었다. 그 시기에 맞춰 미처 못한 집수리도 더 할 계획이라고 했는데 본격적으로 시작하는 것인가, 넘겨짚어보다가 네가 연락을 하지 않으면 내가 하면 되지, 생각하며 끼어든 걱정을 접어두었다. 특별한 일이 있지 않아도 사는 일은 때로 전화 한통 이메일 한통 보낼 틈이 없이 흘러가기도 한다. 너에게서 정말 연락이 없네, 오늘 밤엔 이메일을 써야지, 하면서 시간이 또 흘러갔다. 그러다가 너에게서 먼저 이메일을 받았다. 해가 바뀌고 난 뒤에 받은 것이었다. 그렇게 오래 연락이 끊긴 건 처음이었다. E가 아이슬란드에 왔다가 네가 사는 곳에 들렀다는 것이 첫 문장이어서 E는 또 너를 만났겠구나, 부러움이 일었다. E를 반가워했을 너를 생각하니 금세 좋아져서 입가에 웃음이 지어졌다. 이야기도 많이 하고 함께 밥도 먹었겠지. 너의 시를 번역하는 분이 파리에서 와 같이 시간을 보냈다고 해서 너의 시를 불어로 옮기는 번역자는 어떤 사람일까? 잠깐 궁금하기도 했다. 너에게 무슨 일이 생겨서 꽤 오랫동안 나에게 연락을 하지 못했고, 아직도 내가 걱정할까 망설이고 있다고 할 때까지도 내 입가에 지어진 미소는 그대로였다. 그러다가 작년 6월에 나는 위암을 진단받았단다,라고 쓴 너의 문장을 읽었다. 불시에 누가 던진 수류탄이 폭발하는 것 같았다. 배가 너무 아파서 구급차를 타고 병원에 갔는데 며칠 이런저런 검사를 하더니 위암이라고 하더구나. 수술 전에 네번의 항암치료를 받았고, 수술은 여덟시간이 걸렸는데 위 전체와 식도의 한 부분과 림프샘 몇 개를 잘라내는 것이었다고 했다. 그리고 다시 네번의 항암치료를 받았는데 그 기간이 육개월이 넘게 걸렸다고.

그사이 나는 많이 말랐어…… 나 자신도 놀란 마음과 함께여서 아무에게도 알리지 않았어,라고 쓰여 있었다. 입원과 퇴원을 반복했으며 다시 병원에 두달 반 정도 입원을 했던, 정리되지 않은 생각들이 많은 날들이었다고. 이런 일들은 지나간 것이고 지금 현재는 이렇다라면서 1월 23일 다시 CT 촬영을 받아야 하고 그걸 통해 종양이 현재 너의 몸에서 이제 사라졌는지 확인을 할 수 있다고 쓰여 있었다. 의사들은 낙관적이고 너도 좋은 쪽으로 생각하고 있고 만일 종양이 남아 있다면 항암치료를 계속 받아야 한다고. 일이 잘 풀릴 수도 있지만 그러지 않더라도 삶은 계속될 테니까 잘 견디려고 한다,고 쓰여 있었다. 낙관적인 마음이 병을 좀더 좋은 방향으로 돌릴 수 있기를 바라기에 산책도 하고 작은 일들을 조금씩 하고 있고 다행히 남편이 잘 견뎌주고 있다면서도 남편도 그사이 아파서 병원에 삼주 입원해 있다가 11월에 집으로 돌아왔다는 것을 담담히 알렸다. 좋은 소식을 전해주지 못해서 미안하다고 했다. 이 좋지 못한 소식을 꼭 이렇게 전해야 하는가 싶은 생각은 여전하다면서 너무 놀라지 말라고 했다. 차마 더 빨리 소식을 전하지 못한 것을 이해해주기를 바라며 소식 또 전하겠다고 끝을 맺었다.

아무 생각이 나지 않았다. 한낮의 바람 소리도 골목으로 차가 지나가는 소리도 환풍기 돌아가는 소리도 다 끊기고 내 책상 주변이 정적에 휩싸였다. 한동안 그렇게 멍하니 있다가 나는 적막이 불러일으킨 긴장을 깨기 위해 목울대를 억지로 움직여 음, 소리를 내보았다. 내가 방금 읽은 것들은 무엇인가. 어떤 책의 문장을 읽은 것인가, 아니면 혹 내가 방금 어떤 문장을 쓴 것인가. 너의 소식은 현실로 받아들여지지가 않고 책을 읽는 중인 것 같은 혼란을 불러왔다. 네가 암이라고? 다시 골목으로 트럭이 지나가는 소리가, 욕실의 덜 잠긴 수도꼭지에서 물 떨어지는 소리가 들리기 시작했다. 노트북 모니터에서 시선을 돌려 창 쪽을 보니 날이 어두워지고 있었다. 내가 심은 나무의 굵은 가지들이 한밤 폭풍에 부러지고 찢겨나가고 두 발을 딛고 있던 모든 땅이 균열을 일으키며 흔들릴 때 절벽에 서서 저 아래 묶여 있는 배를 내려다본 적이 있다. 검푸른 파도 위에서 흔들리는 작은 조각배를. 저 아래 내려다보이는 그것은 마치 한걸음만 옮기면 내가 쉴 수 있다고, 고통과 불면의 밤들에서 벗어날 수 있다고 유혹하는 것만 같았다. 그러나 한순간 마음에서 물결처럼 인 생각이 한쪽 발을 붙잡았다. 암에 걸렸다고 생각하자. 내가 암에 걸렸다고. 그러니 견디자고 견딜 수밖에 없다고. 그런데…… 그런데 네가 암이라고? 나는 눈을 부릅떴다. 앞집 담장 안 소나무 위에 내려앉아 있던 까치가 다른 나뭇가지로 옮겨 앉는 게 보였다.

아이슬란드로 가는 길목인지 아니면 돌아오는 길목인지에서 너를 찾아갔다는 E에게 만나자고 문자를 보냈다. E가 곧 너의 연락을 받았느냐고 물어왔다. 받았지만 믿을 수가 없네,라고 답을 보냈다. 저녁에 마주 앉은 E가 놀랐지요? 물었을 때도 실감이 나야 놀라지, 했다. E는 예, 그럴 거예요,라고 했다.

　── 선배 책 불어로 번역하는 분을 제가 좀 알아요. 여행 중에 그분과 연락이 닿았고 선배도 보고 싶고 해서 그분과 선배를 만나러 가기로 했죠. 예전에 우리가 같이 갔던 그 기차역까지 선배가 나왔어요. 저만큼 선배가 걸어오는데 한눈에도 사람이 너무 작아진 거예요.

　── 원래 작았잖아?

　── 예, 그래도 더 작아져서 날아갈 것같이 작아져서…… 제가 별일 있지요? 물었더니 나 위암 수술했

어…… 남의 말 하듯이 툭 그러더라구요. 어젯밤에 폭풍이 좀 있었어, 하는 투였어요. 좀 멍해져서 그 일에 대해서는 더 묻지도 못하고 있다가 돌아올 때 어느 틈에 선배에게 좀 무뚝뚝하게 말했습니다. 혼자서 이러고 있으면 안 된다고요. 선배 상태를 알릴 사람한텐 알려야 하는 거라고요. 낯선 타국에서 무슨 일이 생길지도 모르는데 혼자 병원에 입원하고 수술하고…… 그러면 안 된다고요. 딱 집어서 선배에겐 꼭 연락을 해야 한다고 했어요.

— 그러니 뭐라고 해?

— 여기가 나한테 왜 타국이야? 내가 왜 혼자야? 남편이 있는데 하더니 알지, 알아…… 그랬어요.

E와 나는 저녁을 먹는 대신 어두워진 성곽 길을 따라 걸었다. E는 번역가하고 너를 만나서 너의 남편이랑 너의 책 번역에 대한 이야기를 나눴다고 했다. 너는 아주 작아진 채로 그래도 많이 웃었고 아주 적은 양이지만 하루에 음식을 여러번에 나눠서 먹기도 했다고. 나는 E에게 네가 서울을 떠난 지 이십오년이 되었다는 것, 그사이 너는 서울에 겨우 세번 왔다는 것, 세번째 왔었을 때 네가 얼마나 단단해 보였는지에 대한 얘기를 나눴다. E와 나는 그렇게 오년 전 함께 너를 만나러 가서 보았던 너의 모습 중 좋은

것들만 회상했다. 네가 해준 음식들과 너와 나눴던 대화들과 너의 안내를 받아 오래오래 걸어다녔던 너의 집 근처의 성당, 도서관, 학교로 이어지는 길들에 대해. 그러면서도 E와 나는 우리가 서로 한사코 어떤 이야기를 피하고 있다는 것도 알았다. 그때마다 서로 얼굴을 마주 보며 헛웃음을 지었다. 그때 뮌스터의 너의 집에 사흘 동안 머물렀을 때 떠나온 나라의 바다에서는 배가 가라앉아 수학여행길의 그 배에 탄 아이들이 수장되고 있던 때였다. 아무 말도 할 수가 없었던 무기력과 슬픔. 그래도 E와 걷고 이야기를 하는 중에 너의 지난 몇개월에 대해 얼마간 안도하는 마음이 생기기도 했다. 그야말로 폭풍이 좀 있었고 그 폭풍은 어제의 일이지 오늘 것도 내일 일도 아니리라고. 지나간 것, 더구나 나쁜 일들은 더이상 상기하지 말자고. E와 헤어져 집에 돌아와 책상의 흐트러진 것들을 바르게 놓고 먼지를 닦고 너의 책들을 책꽂이에서 꺼내 앞에 놓고 너에게 이메일을 썼다. 혼자 그렇게 아프고 수술받고 잘 견디었네. 잘했어. 다만 1월 23일 결과가 어떻게 나오든지 간에 그때는 바로 그대로 알려줘. 그리고 썼다. 뭐라고 자꾸 말을 해. 내가 이렇다⋯⋯라고 얘기를 해야 해. 서로 살고 있는 거리도 너무나 먼데 네가 아무 말

도 안 하면 나는 아무것도 모르고……라고 쓰다가 울적
해졌다. 네가 아픈 것만 모르는 게 아니지, 싶었다. 우리가
서른을 앞두고 있을 때 독일로 네가 왜 떠났는지조차 나
는 아직도 제대로 알지 못했다. 나는 항상 네가 곧 돌아올
거라고 여겼다. 네가 그곳에서 공부에 빠져 있을 때도, 네
가 결혼을 했을 때도, 네가 고고학자로서 남편과 함께 발
굴을 하러 유적지로 떠나는 삶을 오랫동안 보낼 때도 나
에게 너의 집은 여기에 있지, 거기 있는 게 아니었다. 집이
여기 있으니 너는 돌아올 거야,라고 생각했다. 내게 너는
지금까지도 떠나서 아직 집에 돌아오지 않은 사람이었다.
서울을 떠나고 이십오년 동안에 너에게 생긴 일들 중 내
가 정확히 알고 있는 일들이 있긴 한 것일까. 내가 안다고
해서 달라질 게 없다고 해도 나는 알고 싶어,라고 썼다. 아
무 말도 안 하면 아무것도 모르니까, 있는 그대로 알려줘,
라고. 말하는 순간이라도 네가 나은 기분이 들 수 있을지
모르니 말을 해,라고 했다. 혼자서 그거까지 참지는 마, 나
도 네가 아픈 것까지 모르는 그런 사람은 되고 싶지 않네,
라고 쓰면서 아픈 사람을 두고 이게 무슨 억지란 말인가
생각했다.

다시 CT 촬영을 받아야 한다는 1월 23일이 하루 지난 후에 너는 소식을 전했다.

어제 진단을 받으러 갔는데 오늘에야 결과가 나왔어. 결과는 좋고 지금으로서는 더이상 종양이 없다는구나. 다음주부터 재활치료를 하러 가게 돼. 차근차근 몸을 추스를 준비를 해야지. 지난 시간 동안 이런저런 생각이 많았고 어떤 문턱에 서 있었는데 그 생각은 지금도 그런 것 같아. 어제 거의 삼개월 동안 있었던 병원 건물을 다시 보니 덜컥 겁이 나기도 하더라. 아직 무슨 일이 있었는지 잘 모르겠어. 너무 많은 일들이 있었고 내 의지랑은 아무 상관 없이 지낸 시간이었으니…… 다음 진단은 삼개월 후 그때까지 잘 지내야지 하는 마음. 운동도 많이 하고 잘 먹고…… 걱정 끼쳐서 마음이 아리네. 사랑하는 마음, 더 소중하게 가져야지, 하는 마음만 든다.

나는 왜 그때 너에게로 가겠다,라고 하지 못했을까? 그때 너에게 가겠다고 했으면 너는 그러면 좋지…… 했을 텐데.

1월 23일과 네가 다시 병원에 있다는 메일을 보내온 사이에 설이 있었다. 설 하루 전날 떡국의 고명으로 쓰기 위해 삶은 사태를 찢다가 말고 책상으로 가서 너에게 메일을 썼다. 그때까지만 해도 네가 혼자 겪은 일은 그야말로 지나간 폭풍이겠지, 생각했다. 삼개월에 한번씩 체크를 받아야 하는 일은 계속되겠지만, 우리는 아직 죽음 앞에 서로를 잃을 나이는 아니라고 생각했다. 나는 너에게 서울은 설날 하루 전이라며 설날 음식에 대한 이야기들을 썼다. 네가 서울에 살았을 때 평소에도 명절에나 만들 음식들을 별일 아니라는 듯이 차려내곤 하던 기억이 나서였다. 언젠가 우리가 다시 명절날에나 먹을 손 많이 가는 음식을 만들어 같은 식탁에 앉는 날이 오기를 바라는 마음이기도 했다. 네가 어디에 있든 따뜻한 떡국을 먹을 수 있으면 좋겠고, 새해에는 우리 건강하자, 써서 보낸 내 이메일에 너는 다시 병원에 있다,는 답을 보내왔다.

다시 병원에 있구나.

지난번에 의사가 분명 몸속의 종양들이 없다고 했는데 그후에 복통이 와서 병원에 다시 왔다. 의사들은 항암치료의 후유증일지도 모른다고 한다. 췌장에 염증이 생겼다고 한다. 병원에 다시 온 지 열흘이 지났고 지금은 아침이다. 간호사가 와서 혈압 체온 등을 재고 피를 뽑고 곧 의사들이 아침 방문을 하겠지. 내가 있는 병동은 대학병원에서 조금 외진 곳인데 조용해서 좋긴 하다. 언제 퇴원을 할 수 있을지 모르겠구나. 병원에 입원하고 이런저런 검사를 다시 받았다. 암이 재발한 걸 의사들이 지난번 검진에서 못 보았나, 하는 불안에 사로잡혀 있었어. 그리고 종양이 아니라 점막이 헐고 염증이 생겼다는 진단을 받았다. 종양이 아닌 것에 안심하는 나를 보면서 아직 여기에 머무는 것이 좋은 모양이구나, 싶었단다. 네 메일을 읽고서야 설인 걸 알았어. 네 메일을 오래 들여다보다가 네가 만든 설음식이 참 맛있겠다, 싶었다. 그리고 내가 기억하는 최초의 설음식은 뭘까? 하는 생각을 하루 종일 했구나. 병원에서 나가면 또 쓸게. 언제 우리가 다시 볼 수 있을까 싶지만 널 보는 언젠가,라는 시간이 이유가 되어 오늘 잘 지낼 수 있겠지. 오늘도 기분 좋게 하루라는 강을 건너자.

나는 그때 너에게 갈 수 있는 기회를 또 한번 놓쳤다. 네가 '언제 우리가 다시 볼 수 있을까 싶지만'이라고 쓴 것은 보고 싶다는 다른 말이었을 텐데. 상황이 더 나빠져서 이러지도 저러지도 못하게 된 후에야 행간을 읽는 내 어리석음. 네가 병원에서 다시 나왔을 때는 3월이었다. 병원에서 나오니 봄,이라고 했다. 이 메일 받고 너무 슬퍼하지 말라며 의사들은 나에게 삼개월 더 살 수 있다 한다, 암이 복막에 다 퍼졌다고. 더이상 메일을 쓸 수도 없기 전에 쓴다며 너와 만나서 행복했고 잊지 않을 거고 더 오랜 시간 같이 못해주어 미안하다고.

나는 기억한다. 네가 서울에 왔던 때 어느 날의 늦은 밤을. 자정 근처에 네가 전화를 해서 우리는 옛날 우리들 각자의 방이 있던 광화문 뒤쪽 골목에서 만나 밤길을 걸었다. 이곳에서 아직 물소리가 난다, 너는 발밑의 하수도관을 가리켰다. 그곳에 살 적에도 네가 하던 말이었다. 대단하지 않아? 이 대도시의 지하에 저런 하수관들이 연결되어 끊임없이 뭔가 흐른다는 것이. 너는 울적한 얼굴로 남편과 마을의 묘지를 산책 나가는 날들에 대해서 말했다. 이제 남편은 발굴지로 갈 수가 없어, 파킨슨병을 앓고 있거든, 했다. 남편은 지층 단면도를 정말 잘 그려 작품 같아라며 웃었다. 우리가 발굴해서 박물관으로 보낸 도자기들 생각이 나네, 너에게 보여줄 수 있으면 좋겠는데, 하기도 했다. 발굴일지를 쓰는 날이 다시 올까? 네가 슬퍼 보여서 나는 올 거야, 병은 나으면 되는 거지, 했더니 네가 담배를 꺼내 입에 물었다. 네가 파킨슨병을 만만히 보는구나…… 하면서. 시리아로 발굴을 가서 지낼 때는 거기 분쟁 때문에 위험할 때도 있었어, 그런데 신기하지, 남편은 그곳을 그리워해, 건강 때문에 어디로도 가지 못하게 되어서 더 그런 것 같아. 너는 남편이 먼 나라로 발굴을 떠나는 대신 병원에 다니는 날이 많아져서 바람이라도 쐬어주기 위해 마을 산책을 하기 시작했다고 했다. 도자기 대신 많은 오솔길들을 발굴했다고 농담을 하기도 했다. 다람쥐들이 도망도 안 가고 빤히 쳐다보는 잡목이 우거진 한 오솔길 가까운 곳에 묘지가 있는데 가장 많이 걷는 길은 그리로 가는 길이라고 했다. 비석만 남아 있는 묘지들 사이를 걷다가 어느 날부터인가 너의 남편이 비석에 새겨진 연도를 읽기 시작했다고 했다. 이 사람 1890년에 태어나서 1960년에 죽었군, 이 사람은 1857년 그리고 1899년…… 묘지 사이를 걷다가 남편이 비문을 처음 읽던 날 너는 알게 되었다고 했다. 이제는 서울로 정말 돌아갈 수 없게 되었다는 것을. 저 사람 나 없이 못 살겠구나, 이제 나의 집은 이곳이구나, 실감이 났어. 나는 손을 뻗어 너의 작은 손을 잡았다. 너의 손은 여전히 내 큰 손 안으로 쏘옥 들어왔다. 앞으로도 나는 독일에 살게 될 거야. 낮에 누굴 만났는지 술을 마신 것도 같았다. 너는 글을 쓰는 한 인간으로서 두 발을 단단하게 두고 있어야 할 현실이 너에게서 너무 먼 것 같다,고 했다. 오랜만에 서울 거리를 걷다가 정육점에 생고기 판다는 붉은 글씨를 읽으면 움찔하게 돼. 생고기라니. 전에는 그런 말 안 썼는데…… 너는 담배 연기를 어둠 속에 내뿜다가 깊은 숨을 쉬며 네가 쓸 수 있는 내용이 모국어와 점점 멀어지는 것 같고 자꾸 서울이 낯설어지고 이해가 잘 되지 않아, 앞으로 몇년이 지나면 이 괴리감이 더 심해지겠지?라고 물었다. 너는 고개를 들어 나를 보았다. 내 말 이해해? 나는 아무 말도 하지 못했다. 너의 목소리가 저음으로 낮아졌다. 새 시집을 내고 난 뒤 사람들이 내 시 안에 구체적인 현실이 없고 사변적이고 추상적이라 하더라. 남들이 하는 말을 다 들을 필요는 없겠지만 조금은 찔끔했어. 내가 내 말의 구체적인 현장에 살지 않는다면 나에겐 계속 회상이나 추억 같은 것을 갉아먹고 살아가는 시간만 남은 걸까?

그때 너의 이야기를 듣기만 해서 미안하다. 너는 다른

사람들이 가보지 못한 세계에 다다른 것이고 그것이 너의 현실이지 너는 지금 너의 현실과 정면으로 대결하며 실험적인 언어를 탄생시키는 중이라는 말을 해주지 못해서. 독일로 돌아간 너는 동백 화분을 하나 샀다고 했다. 독일에서 동백 화분을 살 수가 있다니 믿기지 않는다면서 꽃봉오리들이 하나씩 둘씩 터지는 것을 바라보면 순간순간들이 사무친다고.

내가 삼개월 더 살 수 있다는 말을 의사에게 듣는다면? 내가 상상할 수 있는 일이 아니다. 내가 할 수 있는 일은 겨우 이제는 남은 시간을 혼자 감당하겠다고 마음을 굳힌 너를 보러 가게 해달라고 메일을 보내고 혹여 통화할 수 있을까 싶어 전화를 걸어보는 것뿐이다. 너의 마음도 모르면서 이제 네가 집으로 돌아와야 되는 거 아닐까, 하는 생각을 했지. 네가 와도 좋아,라고 말할 수 있었던 때를 다 놓치고 나서야 지금 너에게 가겠다고 이러는 것이 지랄같다고 느껴.

대부분 통화가 되지 않았으나 아주 드물게 너의 남편이 전화를 받기도 했다. 그날도 그런 경우였다. 벨소리만 듣고 있다가 끊으려고 했을 때 너의 남편이 전화를 받았다. 너를 찾자 너의 남편이 너는 자고 있다고 했다. 너의 남편은 나의 이름을 물었다. 내 이름을 말하자 너의 남편은 짧은 탄식을 내뱉었다. 떨림이 섞인 너의 남편 목소리를 듣자 목이 메어왔다. 고맙다고 했다. 너의 곁에 당신이 있어줘서 고맙다고. 너의 남편은 당연한 일이라고 했어. 왜냐면 자기는 너의 남편이니까. 지금 너의 곁에 유일하게 머무를 수 있는 사람은 너의 남편뿐이었다. 네가 곁에 있는 것을 허락한 유일한 사람. 언제나 네가 건강을 걱정했던 사람. 너로 하여금 그곳에서 운전을 배우게 한 사람. 내가 남편의 안부를 물으면 너는 그는 여전해, 학기가 시작되어 학교 나가고 나는 운전을 해서 그를 학교에 데려다주고 아직 다리가 완치되지 않아서 매일 새 붕대를 갈아주고 있어,라거나 의사가 사해에서 온 소금으로 다리 목욕을 하라고 해서 매일 그걸 해주고 있어,라고 했다. 매일 너의 손길이 필요했던 너의 남편과 너의 위치가 바뀌어 있겠다. 나는 너의 남편에게 내가 전화를 했다고, 전화통화를 꼭 하고 싶다고 전해달라고 했다. 꼭 통화하고 싶다고. 너는 전화하지 않았다. 그래도 나는 자주 전화를 했다. 그래야 어느 날 간신히 너와 연결이 되니까. 작별인사가 담긴 메일을 받고 너와 처음으로 통화가 된 그때 너의 목소리는 웃는 것도 아니고 반가워하는 것도 아니고 생기가 있는 것도 아니고 가라앉아 있는 것도 아니었다. 너는

　——이제 곧 귤을 먹을 수 없을 거라고 해.

라고 했다. 귤? 네가 귤을 좋아했었나? 생각했지만 기억이 나질 않았다. 그러나 귤을 먹을 수 없게 될 거라는 너의 말을 듣자마자 귤의 얇은 껍질을 벗길 때 맡아지는 향이 그대로 코끝에 전해졌다. 껍질을 벗겨내면 옹기종기 모여 있는 귤알을 하나씩 갈라내 세로로 하얗게 붙어 있는 귤락을 떼어내고 입에 넣었을 때 퍼지는 달콤하고 새콤한 향. 네가 그 귤을 먹을 수 없게 된다는 것은 무슨 의미인가. 나는 얼마간 떨리는 목소리로 내가 지금 가도 되지? 물었다. 네가 어떤지 한번만 보고 오겠다고 했다. 너는 오지 않아도 돼, 멀잖아, 괜찮아, 지금은 사실 실감이 잘 안 나. 여기 친구들이 있고 바로 아래층에 남편 친구가 세 들어 있고 걱정 안 해도 된다고 약간 신경질적으로 말했다. 남편 친구가 이사 오면서 데리고 온 큰 개도 한마리 있다,고 하다가 내가 좀 혼란스러워서 그래 나도 혼자 생각을 좀 해야 되지 않겠니 이런 상황이 처음이라 지금 무엇을 해야 하는지 모르겠고…… 잠깐 톤이 높아졌던 너

의 목소리가 점점 희미해졌다. 이후로 통화가 될 때마다 나는 그 끝에 너에게 가겠다,고만 했다. 오라고만 해달라고. 결국 너는 나에게 이렇게 말했다. 나도 너 보고 싶지. 봐야지…… 그런데 지금 내가 작은 수술 하나를 앞두고 있는데 그 수술을 해야 내 장기들이 음식을 받을 수 있는 그런 수술인데 그 생각만으로도 벅차고 언제 또다른 상황이 발생할지…… 내가 생각을 좀더 한 뒤에 병원 일이며 다른 것도 좀 살펴보고 네가 언제 오면 좋겠는지…… 알려줄게.

—꼭!

—그래 꼭……

꼭이라는 약속은 부질없었다. 너는 내 메일을 체크조차 못했다. 메일함에는 수신이 확인되지 않은 내가 보낸 메일들이 쌓여갔다. 오늘은 너에게 이메일을 쓰고 내일은 네가 읽지 않았다는 것을 확인하는 날들. 통화가 되는 날도 드물어졌다. 열흘에 한번, 보름에 한번 간신히 전화통화가 되어 내가 가겠다고 하면 너는 내가 지금 힘이 너무 없어, 나중에 다시 통화하자,고 했다. 너의 작별인사가 담긴 이메일을 나 혼자만 간직해야 되는 것인지도 판단이 서질 않아 가만히 있던 어느 날 우리 둘을 아는 사람이 페

이스북에 올라온 글이라면서 너에 대한 글을 나에게 캡처해 보냈다. 나도 아는 너의 지인이 너의 소식을 듣고 안타까워하며 너를 회상하는 글이었다. 거기에 서울을 떠나기 전의 너의 모습이 있었다. 캡처해 보낸 사람이 너와 연락은 하고 있느냐고 묻는데 나무라는 말처럼 들렸다. 너를 사랑하고 아끼는 너의 후배가 네가 너의 일을 지인들에게 알려도 좋다고 했다는 전언을 듣고 나도 너와 함께 중국식당에 갔던 어른에게 이메일을 쓰고 너와 가끔 만났던 그림 그리는 선배를 만나서 너의 상황을 전하며 너를 아는 다른 분에게 대신 전해달라고 부탁도 했다.

한달째 너와 전화통화가 안 되었어도 의사가 너에게 말했다는 삼개월이 지나고 또 한달이 지나자 내 안에서는 다시 너를 한번 봐야겠다,는 마음이 움트기 시작했다. 의사의 판단이 어긋날 수도 있다는 희망. 나는 너에게 가까이 가 있는 것으로 너의 허락을 얻어내야겠다고 생각했다. 네가 그래 와, 했을 때 바로 갈 수 있는 도시가 어디인지를 매일 한곳씩 찾아냈다. 프랑크푸르트에서 너에게 가는 법, 암스테르담에서 너에게 가는 법, 베를린에서 너에게 가는 법. 휴대전화에 독일 기차 시간표가 나와 있는

앱을 깔고 이 도시 저 도시에서 너의 집 쪽으로 가는 기차 시간표를 알아보다가 너의 집으로 바로 갈 수 있는 도시의 비행기표를 끊고 나는 그곳에 가 있겠다고 네가 오라고만 하면 곧장 너에게 가겠다고 이메일을 보냈다. 읽지 않음. 날마다 보낸 메일함을 확인해봤으나 읽지 않음 표시는 변함이 없었다. 너에게 갈 수 있는 때를 놓치고 나니 너를 한번 봐야겠다는 것은 이제 나의 문제일 뿐이라는 생각이 들기도 했다. 너는 그마저도 생각할 수 없는 너머로 이미 가버린 듯해서 막상 너와 통화가 연결되었을 때는 침묵이 발생했다. 수화기 저편에서 너의 목소리가 내 이름을 불렀을 때에야 나, 파리에 왔어,라고 얼른 말했다.

—파리에?

—응.

—무슨 일이 있어?

—아니…… 너 보러 왔어.

나는 서 있다가 휴대전화를 귀에 바싹 대고 쭈그려 앉았다.

—여기에서 기차를 타고 네시간만 가면 너를 만날 수 있어.

이제 네가 침묵했다. 내가 너의 이름을 두어번 부르자

너는 혼자 왔느냐고 겨우 물었다.

　—응.

　—혼자 왔어? 너 길눈도 어두운데……

　—찾아갈 수 있어 지금이라도.

　—왜 미안하게 만드니. 내 마음을 모르겠어? 내가 견디려고 이러는 거…… 오래 만나지 않아도 우린 멀어지는 느낌 없이 지냈는데 왜……

　나는 무릎을 펴고 다시 일어나며 말했다.

　—네가 언젠가 내가 파리에 있다가 왔다고 했을 때 그랬잖아. 네가 파리에 있는 줄 알았으면 내가 갔을 텐데…… 65유로면 너에게 갈 수 있었는데, 했잖아. 그런 거야 이것도.

　—………

　—비행기가 아니고 기차야. 여기서 북역은 가까워. 동역에서도 거기 가는 기차가 있어. 어디서든 한번만 갈아타면 네게 갈 수 있어.

　나의 너무 빠른 말 때문인지 아니면 말을 이을 힘조차 없어서인지 너는 더 말을 하지 않았다. 숨소리조차도 들리지 않았다. 북역에서는 급행열차 탈리스를 타고 쾰른에서 내려 너의 집으로 가는 느린 열차로 갈아타면 되지, 동역에서는 테제베를 타고 만하임에서…… 나는 기차 생각을 멈추고 용기를 내어 말한다.

— 한번만 봤으면 해.

— 왜 한번만이라고 해? 이미 정해놓고 있는 거지? 한번만이라니. 한번 보고 나면 정말 무너질 것 같아.

거절당할까봐 떨고 있던 나는 너의 말에 정신이 번쩍 들었다.

— 안 오는 게 좋겠어.

너의 목소리가 멀리에서 출발해 내게 당도했다. 나를 향해 해본 적이 없는 말이라 네가 뱉어놓고도 낯설었겠지. 그래서 곧 내가 많이 힘들어, 누구를 만나야겠다는 생각이 나지도 않아 지금 내가 그래,라고 이어 말했을 것이다. 나는 네가 전화를 끊을까봐서 다급하게 또 너의 이름을 부른 뒤에 알아, 알아…… 그랬다. 뭘 안다는 것인지 나도 모른 채로 뙤약볕 위의 메마른 길을 10킬로미터는 걸은 뒤에 갈증 때문에 목구멍으로 물을 들이켜듯이 서둘러서 말했다.

— 나 도착해서 너의 집 근처에 호텔을 얻을게. 그때 E랑 너의 집 갔을 때 봐둔 호텔도 있어. 도착해서 한번 보고……

나는 왜 한번만이라고 하느냐고 했던 너의 말이 걸려 말을 멈추었다가 얼른 이어 말했다.

—호텔에서 자고 한번 더 보고 오후에 가서 또 보고 그러고 올게. 너는 지금처럼 집에 있으면 돼. 내가 가.

우리가 이런 대화를 나누는 날이 올 줄 짐작이나 했겠는가. 내가 너의 집에 바로 가지 못하는 날이 올 줄을. 너의 집으로 갈 수 있는 기차역이 있는 도시까지 와서 너에게로 가겠다고 말하는데 네가 나에게 안 오는 게 좋겠다고 말하는 이런 상황이 우리 사이에 발생하다니.

—여기 오면 너도 힘들어.

—나는 괜찮아.

우리 사이에 침묵이 흘렀다.

—한번만 봐.

나는 또 한번만이라고 말하고 말았다. 너의 깊은 숨소리가 들렸다.

—나도 너 보고 싶지.

—………

—그런데 정말 정신이 사나워. 이제 내가 병원에 갈 수조차 없는 상태이고…… 음식도 먹을 수 없고 나는 누워만 있고 의사와 간호사가 온다. 병원에서 오는 사람들

도 매일 다르고…… 낯선 사람들이 우리 집에 드나드는 것도 싫고 내가 이렇게……

점점 너의 목소리가 멀어졌다.

너를 봐야겠다는 미련을 버리지 못한 내가 또 서둘러 말했다.

──그럼 내일 내가 전화 다시 할게, 혹시 알아? 내일은 다른 마음일지도.

오년 전 서울에서 E와 나는 각자의 볼일을 마치고 네가 있는 도시로 기차를 타고 갈 수 있는 역에서 만나기로 했다. 프랑크푸르트역이었을까? 프랑크푸르트공항은 네가 일생에서 처음으로 도착해본 외국 공항이라고 했었지. 네가 독일에 사는 동안 그 공항은 서울로 향하는 출구였겠지. 언젠가 한번 떠나오니 그렇게 가기가 힘들었던 서울인데 가려고 마음먹으니 프랑크푸르트공항에서 비행기를 탔다 내리는 게 다더라,며 웃던 너.

나는 너와 걸어서 십분 거리에 살던 때의 내가 아니지만 지도를 보고도 방향을 잡을 줄 모르는 길치인 것은 그대로야. 그런 내가 런던 아트페어에 참가한 동료들과 헤어져 너에게로 가기 위해 비행기를 한번 더 타고 암스테르담인지 프랑크푸르트인지로 먼저 E를 만나러 갔었다. E는 어디에서 오는지 알지 못했다. 비슷한 시기에 서울을 떠났음을 알게 된 E가 무심히 서로의 일을 마치고 너를 보러 가자고 했을 때 내가 그러자, 해서 이루어진 일이었다. 이메일로 E와 내가 너에게 갈 계획을 세워봤는데 어때? 물었을 때 너는 단박에 그러면 좋지, 했었지. 정말 좋아, 믿기지 않네, 그거 정말이야? 몇번이나 물었지. 너의 환대는 언제 어디서나 늘 그렇게 당연한 것이었다. 너와 E가 나를 만나러 온다니 믿을 수 없이 즐거운 마음,이라고 느낌표를 두개씩 찍곤 했다. 너의 집은 이층에 손님방이 두개 있고 욕실과 화장실이 이층에도 있으니 그리 불편하진 않을 거라고 했다. 너의 집에서 하루 자고 같이 암스테르담에 다녀오자고도 했다. 암스테르담은 너의 집에서 기차를 타면 두시간 정도밖에 걸리지 않는다고. 아니면 옛 동독 도시 드레스덴은 어떠냐고도 물었다. 그곳은 독일의 피렌체라고도 부르는 곳이니 함께 가도 좋을 것 같다고. 너는 언제나 그랬다. 서울에 있을 때도 달래장 만들었는데 먹으러 오라고 했다. 사직동 길에 활터를 발견했는데 그 길을 같이 걷자고 했다. 신해철 공연 티켓이 두장 있는데 같이 보러 가자고 했다. 그게 내가 들었던 너의 말들이

110

었는데 지금 너는 안 오는 게 좋겠다고 한다.

　낯선 이국의 도시 역에서 기차를 타고 너에게로 가면서
E와 나는 너를 얼마 만에 만나는지 서로 헤아려보았다.
기억들이 막 엉켜서 정확하게 얼마 만인지 헤아릴 수 없
었으나 삼년 만인지 이년 만인지 그랬다. 그렇게 서른이
지나고 마흔도 지났다. 기차가 내가 알지 못하는 곳을 달
리고 있을 때 나는 E에게 네가 서울을 떠나던 때 스물아
홉이었다고 말해주었다. 갑작스러운 내 웅얼거림 같은 말
을 E는 놓치지 않고 왜 너는 늦은 나이에 유학을 간 것인
지 물었다. 그게 늦은 나이야? 내가 반문하자 E는 새로운
언어로 공부를 하기에는 늦은 나이라고 할 수 있지요, 했
다. 그런가. 늦은 나이였던가. 그 늦은 나이에 너는 서울을
떠났다. 그 무렵의 너와 나는 거의 매일 만났다. 중앙기상
청과 서울시 교육청이 있는 골목을 사이에 두고 나는 사
직동 쪽에 너는 광화문 쪽에 각각 방을 얻어 살고 있던 때
였다. 나의 방이 있는 곳에서 너의 방이 있는 곳까지는 걸
어서 십분이면 되었다. 네가 나에게 오는 때도 있었고 내
가 너에게 가기도 했으며 중간쯤에서 만나 같이 걷기도
했다. 우리는 젊어서 외로웠고 각자의 태생지를 두고 기

차를 타고 떠나온 사람들이라 도시에 집이 없었다. 누군 가를 사랑하는 일도 돈을 버는 일도 하고 싶은 일도 뜻대로 되지 않았고 매달 다가오는 월세 내는 일은 벅차고 고되었다. 결핍으로 이루어진 존재들은 이유 없이 잡을 손이 필요했다. 나에겐 너의 손이 거기에 있었고 너에겐 나의 손이 거기 있었겠지. 어느 날 네가 나는 독일로 갈 거야,라고 했을 때 나는 믿기지 않았기 때문에 으응, 독일? 하고 더는 묻지 않았다. 나도 자주 그런 생각을 했으니까. 더는 못 견디겠어서 어딘가로 확 처박히고 싶어 미칠 것 같은 그런 마음을 너는 그 순간 독일에 갈 거야,로 쏘아붙인 것이려니, 했다. 젊은 우리를 둘러싸고 있던 불안정한 것들. 나는 독일로 가겠다는 너의 말이 그것들에 대한 저항이라고 생각했는지도 모른다. 그래도 독일이라니, 그곳은 너무 낯설고 먼 곳이라 상상이 되지 않아 왜 하필 그곳인지 물을 엄두가 나지 않았다. 네가 독일어 학원에 등록하고 독일어를 배우기 시작할 때도 나는 네가 실제로 독일로 떠나리라고 생각하지 않았다. 숨통 같은 것이려니 여겼다. 어딘가로 가겠다,는 생각은 머물고 있는 지금 이곳을 얼마간 견디게 해주니까. 가겠다,에서 갈 수 있다, 가 되고 가게 되었다……로 바뀔 때까지도 나는 네가 가지 않을 것이라고 짐작했다. 갈 수 없을 것이라고. 너도 나처럼 혹은 우리처럼 여기를 떠나고 싶어할 뿐 정작 떠나지는 못할 것이라고. 설령 떠난다고 해도 곧 돌아오는 형식일 것이라고. 독일로 떠나는 날짜가 바로 내일이 되었어도 그랬다. 그날 너의 재킷이 허름해 보여서 내 옷장을 열고 그중 가장 값나가고 단정해 보이는 것을 너에게 입히면서도 말이다. 너는 그렇게 독일의 마르부르크로 가서 그때까지 너와 함께했던 한국어 대신 독일어 앞에 섰다. 날마다 뚱뚱해지고 있다,고 했다. 종일 책상 앞에 앉아 있다가 학생식당에서 주로 버거를 사 먹는 것으로 끼니를 때우다보니 매일 체중이 늘어난다고. 가끔 너는 내가 지금 왜 여기에 있을까?를 생각할 때도 있지만 깊이 생각할 시간이 없어 다행이라고도 했다. 한시간 수업을 따라가기 위해서 여섯시간씩 미리 예습을 해가야 겨우 좇아갈 수 있다고. 어쩌면 내가 독일에 온 이유는 유학생이라 해도 학비를 따로 받지 않는 이 나라 제도 때문인지도 모르겠어,라고도 했다. 어디든 다른 곳에 가서 공부를 하고 싶은데 돈이 없었거든. 너는 그 나라 날씨는 햇볕 드는 날이 별로 없는데 그것도 다행이라고 했다. 날이 좋으면 산보라도 하고 싶을 텐데 그럴 마음이 일어나지 않는 날씨가 이어지니 공부에 집중할 수 있다고. 그런데 그 날씨 때문에 어떤 유학생은 우울증에 걸려 주먹으로 벽을 치거나 이마를 부딪쳐 피를 흘리기도 한다고. 기숙사에서 미역국을 끓였다가 노크 소리를 들었다고 했다. 국적이 어디인지 알 수 없지만 눈동자가 파란 여학생이 제발 부탁이니 그 음식만은 만들지 말아달라고 애원하듯이 말하더라고. 미역국을 끓일 때 풍기는 냄새는 네가 좋아하는 냄새 중의 하나였지. 미역국이 보글보글 끓을 때 미역을 건져 올리며 어쩌면 이렇게 생긴 것에서 이렇게 한가득 바다 냄새가 나는 거냐고 감탄을 하곤 했지. 네가 떠나고 몇년째 서울로 돌아오지 않을 때에야 나는 아, 너는 정말로 독일에 갔구나, 했다. 너는 전공을 고고학으로 정했고 그 공부를 계속하기 위해 마르부르크에서 지금 네가 있는 도시로 옮겼다. 나는 아트페어나 포럼이나 공동전시회에 참여하는 일로 가끔 네가 있는 나라나 근처의 나라에 가게 되었다. 때론 혼자 때론 동료와 함께. 나에겐 네가 있는 대륙으로 가는 일은 너를 만나러 가는 일이기도 했다. 나는 사직동에서 너는 광화문에서 살 때처럼 나는 서울의 내 집을 떠나고 너는 독일의 너의 집을 떠나 어느 도시에서 만나곤 했다. 너는 언제든 나, 혹은 우리에게 왔다. 밥을 좀 해

먹고 싶어서 기숙사에서 나와 방을 얻었는데 그곳에서 오
징어를 굽다가 주인에게 내쫓길 뻔한 얘기를 낯선 도시의
호텔방에 누워서 나누었다. 오징어 냄새가 왜? 내가 물었
을 때 그 냄새가 사람 태우는 냄새 같다고 하더라,며 너는
낭패한 표정을 짓다가는 웃기까지 했다. 주인으로서야 얼
마나 놀랐겠어, 동양에서 온 쪼그만 여자애가 있는 방에
서 사람 태우는 것 같은 이상한 냄새가 났으니. 나는 너에
게로 가는 기차 안에서 드문드문 너와 관련된 이런 이야
기들을 E에게 들려주었다. 어느 순간 E도 나도 조용히 차
창 바깥을 내다보았다. 기차는 모르는 나무들, 모르는 집
들, 모르는 들판들을 지나고 있었다.

　너와 E와 나는 암스테르담도 드레스덴도 가지 못했지.
우리가 너의 집에 도착한 다음 날 아침에 너는 우리가 묵
는 이층으로 올라와 이상한 뉴스가 계속 나오고 있다고
내려와보라고 했었어. E와 내가 너의 집 아래층으로 내려
갔을 때 독일 방송뉴스에 진도의 바다가 보였다. 화면 한
편에 팽목항이라고 쓰인 팻말이 보였다. 커다란 배가 반
이상 바다에 가라앉아 있었다. 세찬 바람에 흩어지는 것
같은 독일 여성 아나운서의 말을 E와 나는 알아들을 수가

없었다. 눈이 시어서 화면의 푸른 바다를 찡그리며 바라보았다. 너는 점점 얼이 빠진 모습이 되어갔다. 왜 그래? 뭐라는 거야? 내가 재촉해 물으니 배가 침몰했는데…… 그 배에 수학여행을 가는 학생들 수백명이 타고 있는데 그들이 구조되지 못할 것 같다고 하네. 통역을 해줄 때면 늘 앞에 붙이던 잠깐만,이 없이 너는 독일 아나운서의 말을 E와 나에게 전했다. 떨리던 너의 목소리. 긴 정적이 실내를 메우고 멀리멀리 퍼져나갔다. 소파에 기대앉아 있던 너의 남편이 근심스럽게 우리를 건너보았다. 구조할 거예요, E가 스스로에게 다짐하듯이 중얼거렸다. 아직 뒤집어진 게 아니잖아요. 우리는 이른 아침에 독일의 너의 집에서 한국의 바다를, 반은 기울어진 커다란 배를, 이 세상 일이라고 믿어지지 않는 비현실적인 풍경을 바라보았다. 몸과 마음이 무거워지고 맥이 풀렸다. 그렇게 서 있다가 우리는 말없이 각자의 방으로 들어갔다. 나는 침대 모서리에 앉아 바닥에 깔린 카펫을 뚫어져라 바라보았다. 고등학생 수백명이라니…… 아직 다 크지도 않은 학생들이 그 배에 타고 있다니. 저절로 두 손이 모아지고 앉은 자세가 곧아졌다. 결국 우리는 처음 방문한 너의 집에서 학생들을 비롯한 배에 탄 사람들이 구조되지 못한 채 배가 가라앉는 걸 지켜봤다. 우리는 아무 곳에도 가지 않고 너의 집 근처만 서성거렸다. 어디에서든 너는 자주 울었다. 길을 걷다가 네가 돌아서서 하늘을 보고 있으면 그게 울고 있는 거였다. 마당에 풀을 뽑는 듯이 앉아 있어 다가가보면 울고 있었다. 꽃이 피었네, 하면서도. 붉어진 눈과 마주치면 전쟁 통도 아닌데 아이들이 너무 아까워서…… E도 나도 서로 눈을 마주치지 않고 다른 곳을 바라보았다. 우리는 말없이 너의 집 뒤를 돌아서 너른 들길로 이어지는 길들을 걸었다. 성당 바깥의 돌의자에 앉아 멀리 지평선까지 펼쳐진 평야를 묵묵히 바라보기도 했다. 말 한마디 하지 않고 앉아 있는 우리 주위로 옅은 건초 냄새가 대기 속을 떠다녔다. 다시 서울로 돌아가는 길이 시리고 떨렸다. 너의 집을 떠나는 날 아침에 네가 내 방으로 올라와 내가 앉아 있는 침대 옆에 나란히 앉았다. 이거 마음에 드니? 반짝이는 것을 내밀었다. 이거 너에게 주고 싶어서. 나는 고개를 들고 큐빅이 얌전히 박혀 있는 반지를 받아 네가 보는 앞에서 내 손가락에 끼었다. 예쁘네, 잘 간직할게, 하면서.

오늘은 너와 통화할 수 있었다. 너의 남편은 이제 내 목소리를 알아듣는다. 예전에 네가 전해오는 소식에는 네가 아니라 늘 남편 건강이 나빠지고 있었지. 한참 소식이 없으면 너의 남편이 아픈가보다 여겨질 정도였다. 지난 몇 달 동안 조금 어려운 일이 있었는데 남편이 병원에 입원해 있었다고 십칠층 병실에서 바깥을 내다보는 때가 많았다고 지금은 괜찮고 이렇게 오래 괜찮았으면 좋겠다는 바람으로 마음은 조심스럽다고 할 때도 있었고, 남편에게 좋은 일과 좋지 않은 일이 있었는데 좋은 일은 파킨슨병이 느리게 진행되어 손도 떨지 않고 걸음도 느리지만 자연스러워졌다는 것이고 좋지 않은 일은 심장 기능이 약화되어 몸에 물이 차는데 물을 빼는 약을 먹으면서 알레르기 반응으로 다리에 상처가 생기고 속살이 벗겨져서 매일 새 붕대를 감아줘야 하는 것이라고 했다. 나는 너의 일상이 아득하게만 느껴질 뿐 실감이 나질 않았다. 너의 남편에게 좋은 일은 그러니까 병이 낫는 게 아니라 느리게 진행되는 것이구나. 운전을 배워야 할 것 같아, 지금은 남편이 운전을 해서 다니지만 곧 운전을 못하게 되는 날이 올지도 모르잖아. 걱정할 일은 아니야, 내가 운전을 익혀서 태우고 병원에 다니면 되는 거니까. 남편 말고 너는 어때? 라고 내가 물으면 너는 항상 나는 좋아, 괜찮아…… 했었다. 너의 말이 그리워진다. 나는 괜찮다고 했던 너의 말, 나는 좋다고 했던 너의 말. 너는 괜찮을 뿐 아니라 강해 보이기도 했지. 남편은 조기퇴직을 결코 하지 않으려 한 다고 그래서 너는 남편과 함께 이런저런 노력을 하고 있 는데 할 수 있는 일은 다 해볼 거라고 했다. 그곳은 꽂아 만 두어도 장미가 핀다면서 5월이 되고 장미들이 정원을 가득 채우면 그때 시를 몇편 쓸 수 있기를 바란다고도 했 다. 언제나 너에게서는 남편을 깊이 아끼는 게 느껴졌다. 너의 삶은 너의 남편과 대화가 끊기지 않고 이어지는 것 같기도 했는데 나는 그것이 좋았다.

너에게 어떤 평화가 깃든 것처럼 느껴질 때도 있었지. 그곳엔 붉은 단풍이 없어서 언젠가 캐나다에서 온 단풍 나무를 심어두었더니 잎사귀에서 제법 붉은빛이 나서 한 국에서 보던 단풍 같아 좋다고 했었지. 십오년 동안 쓰인 카프카 전기 세권 중에 마지막 권이 독일에서 출간되었 다는 걸 알려주기도 했어. 내가 누군가의 전기를 읽을 때 면 마지막으로 가는 게 겁나, 결국 죽음과 만나게 되니까, 했을 때 너도 비슷한 느낌이라고 했지. 카프카가 약혼녀 인 펠리스와 결별하고 폐렴을 앓는 중에 일차대전이 끝나고 체코가 오스트리아 합스부르크 왕국에서 독립하는 과정이 그려지는데 아직 중간밖에 읽지 않았지만 모든 전기의 끝이 그러듯이 그 책도 카프카의 죽음을 다루게 될 테니 계속 읽어나가는 걸 늦추고 싶다고 네가 말했을 때 나는 죽음 너머에서도 사는 카프카의 작품들을 바라보는 마음으로 그의 죽음이 쓰인 장을 잘 읽어내봐, 독서의 기쁨이란 그런 거 아니겠니, 싱거운 대답을 했었다. 동물원에 갔다 왔다고도 했었지. 아주 오랜만에 코끼리를 보고 나니 살 것 같다고 해 나를 좀 의아하게 만들기도 했었다. 너와 코끼리라니, 코끼리를 보니 살 것 같았다니 무슨 말일까? 궁금했었다. 네가 서울에 왔을 때 시도 쓰고 소설도 쓰는 분을 알게 되었는데 그가 신간과 함께 깻잎 씨를 보내주어서 며칠 전에 뿌렸더니 벌써 싹이 나왔다고 반가워도 했다. 떡잎이 나고 또 잎이 나는 걸 지켜보면서 이렇게 또 봄이 오는구나 생각한다고도. 너는 일이 있어 베를린에 갔다가 수보드 굽타라는 인도 출신 설치미술가의 전시회를 봤는데 내 생각이 났다고 한 적도 있었다. 그의 작품들은 주로 인도의 중산층이나 서민층의 부엌에서 쓰이는 주방도구들로 이루어져 있는데 많은 생각들을 떠오르게 하니 어디서든 내가 그의 작품을 볼 기회가 있으면 좋겠다고 했다. 신기한 일이었다. 나도 그즈음 제주에 갔다가 탑동에 새로 생긴 아라리오,라는 갤러리를 발견했다. 표를 끊어 오래된 영화관을 리모델링했다는 갤러리 안으로 들어갔을 때 어느 층에선가 엄청나게 큰 배를 보게 되었다. 전시장 한편을 통째로 차지한 배는 천장을 향해 밧줄로 비스듬히 매여 있었고 그 안은 온갖 낡은 잡동사니들로 가득 채워져 있었다. 찌그러진 냄비, 주걱, 물주전자, 솥, 항아리, 우유병, 짝이 맞지 않는 신발……들을 살펴보느라 배 앞에 오래 서 있었다. 그때 나도 무심코 네가 어디에 있더라도 이 작품을 봤으면 좋겠다는 생각을 했다. 퇴락한 기다란 목선 안에 빈틈없이 실린 남루한 살림살이들은 배가 신고 있는 것을 강은 알지 못한다,라는 작품 제목에 비쳐져 그 의미를 곰곰이 되새기게 했다. 우리는 강 위에 떠 있는 수많은 배 중의 하나에 불과하겠지. 강만이 아니라 너의 배에 무엇이 실렸는지 나는 모른다. 나의 배에 무엇이 실렸는지 너도 다 알진 못하겠지. 그래도 너는 베를린에서 나는 제주에서 같은 작가의 작품을 보며 동시에 서로를 생각했다.

나는 너에게 무슨 말인가를 하고 싶다. 너와 계속 얘기하면서 너와 연결되어 있고 싶어. 내가 하고 싶은 이야기가 지금 극심한 통증에 허덕이고 있는 너의 근처에 가닿지도 못할 쓸모없는 것이어도 나는 너와 단절되지 않게 계속 너에게 말을 걸고 싶다. 힘들어도 너의 이야기를 계속 듣고 싶어. 너에게 작별인사의 이메일을 받았던 때로부터 나는 그저 계속해서 너에게 무슨 얘기인가를 하려고만 하고 있었지. 사실은 얘기가 잘되지 않아서 고통스러워. 너에게 무슨 얘기인가를 하려고 하는데 사실 나도 어떤 형태의 이야기인지, 내 의식이 끈질기게 너에게 다가가려고 하는 이야기가 구체적으로 어떤 내용인지 모르겠다. 나를 기다려줄 줄 알았어, 나는 이 말이 하고 싶은 것일까. 나로서는 짐작도 못할 통증에 사로잡혀 있는 너에게 어느 모로도 소용없는 말일 텐데도, 나는 계속해서 너에게 무슨 말인가를 하고 싶은 욕망으로, 걷던 걸음을 멈추고, 읽던 책을 덮고, 웃던 웃음을 거둔다. 너에게 닿지 못한 내가 하고 싶은 이야기들은 나의 불규칙한 잠을 깨우고 갑작스러운 가슴 통증을 일으키고 부주의로 발톱이 문에 끼이게 한다. 너에게 무슨 얘기인가를 계속하고 싶어하는 이 욕망조차 분명 결국 사라지게 될지라도 아무것도 남아 있지 않게 될 때까지 계절이 순환하듯이 시간이

원으로 말리듯이 우리가 함께하지 못한 시간들 속에 접혀져 있는 이야기들을 너에게 하고 싶다. 쓸모없는 이야기일지라도 너와 나 사이에 단절되지 않고 계속 지속되기를 나는 바라지. 너에게서 오지 않는 게 좋겠어,라는 말을 들을 때마다 너에게 하고 싶은 말은 어느덧 문장으로 살아나서 한순간 생기를 갖고 솟아오르며 네가 처음 쓴 문장이 무엇이었는지 알고 싶게 했다. 나는 내 모국어로 처음 무슨 글을 썼는지도. 하지만 너에게 가지 못하는 무기력함이 강의 물방울들처럼 일어난 문장들을 짓밟고 덧없이 사라진다. 너에게 가지 못하는 틈 속에서 운전을 하다가, 장을 보다가, 엘리베이터를 타다가, 너에게 가닿지 못한 말들이 웅얼거림이 되어 흩어지는 것을 느껴. 너의 이름을 불러본다. 응, 대답하는 너의 대답을 듣기라도 한 듯이 나는 혼자 웅얼거린다. 너 기억하고 있니? 내가 언젠가 너에게 말했던 P 기억해? 나는 느닷없이 P에 대해서 너에게 웅얼거릴 때도 있었다. 내 어린 시절 동무 P를 네가 알기나 할는지. 나도 너의 어린 시절을 모르는데. 오지 않는 게 좋겠어,라는 너의 말은 P가 나에게 이제 너와 헤어질 때가 된 것 같아 내 연락처에서 너를 지워야겠어,라고 했던 말과 무엇이 다른가, 생각한다. P에게 나의 메일 주소도 없애야겠다는 말을 들었던 시간이 있었어. 그때는 P가 말은 그렇게 해도 우리가 정말 헤어지는 건 아니겠지, 했어. 그때 나는 내 정신이 아니었으니까. 칼이 놓여 있는 도마 위에 올려진 생선같이 나는 진정되지 않고 팔딱거리고 있었어. 내가 P를 향해 내뱉는 말의 파장이 P를 어떻게 후벼 팔 것인지 생각할 여유가 없었다. 나는 나에게 찾아온 고통을 마치 P가 데려와 내 앞에 부려놓기라도 했다는 듯 나에게 오겠다는 수화기 저편의 P에게 나를 내버려둬, 고함을 쳤다. 고통에 빠진 내 곁에 있기 위해 아침마다 전화를 걸어왔던 P가 글이 쓰이지 않아 좌절에 빠진 피츠제럴드에게 헤밍웨이가 쓴 편지 한 구절을 읽어주려고 했을 때 나는 다 듣지도 않고 너도 똑같아, 돌이킬 수 없는 말을 내질렀다. P를 잃는 것은 내 어린 시절을 잃는 것이나 다를 바 없어. 내 기억 속의 P는 일곱살일 때도 있고 더 어린 모습일 때도 있다. 우리가 십대 후반이 되고 내가 그 마을을 떠나 도시로 이주하던 때 P는 나에게 열다섯살 남자애의 팔 길이만 한 나무 한그루를 주었다. 어둠 속이어서 나무에 잎사귀가 달려 있는지 아닌지 알 수가 없었다. 그 나무가 무슨 나무인지도 잊었다. 어리고 작은 나무 밑동은 교과서를 찢은 듯한 종이로 감싸여 있었다. 그 밤의 어둠을 기억하지. 나무를 주는 손과 나무를 받는 손을 기억해. 우리는 무슨 약속 같은 것을 하고 싶었을 거야. 겁이 나서 차마 말로는 할 수 없는 지킬 수 없는 약속. 나는 그 나무를 들고 기차를 탔고 내가 도시에서 처음 살게 된 동네의 남의 빈 땅에 몰래 심었다,는 이런 얘기들을 너에게 할 시간이 있을 거라고 생각했다. 내가 차마 그림으로 포착하지 않고 숨긴 삶의 순간들에 대해 너에게 얘기할 시간이 우리에게 있을 거라고. 딛고 있던 나의 모든 바탕이 비난 속에 균열 지고 흔들리는 것을 목도하느라 내가 P에게 폭언을 퍼부었다는 것을 이년이 지나서 깨달았다. 달의 주기처럼 차오르는 꺼져버리고 싶은 욕망을 제어하느라 P에게 내뱉은 나의 말들을 다시 상기할 여유가 없었다. 정말 P는 나와 헤어졌을까? 나의 이메일 주소조차 없애버렸을까? 용기를 내어 P에게 메일을 썼으나 다시 일년도 넘게 전송을 못하고 임시보관함에 넣어두고 있다고 너에게 얘기하고 싶어. P가 생각날 때면 그 이메일을 꺼내 몇마디를 덧붙이거나 썼던 말들을 지우고 있는 나에 대해.

너에게 가지 못한 채 나는 이 모르는 도시를 배회한다.

숙소에서 어느 날은 직선으로 걸을 수 있을 때까지 걸어 보고 어느 날은 그 반대 길을 무릎이 꺾일 때까지 걷다가 돌아온다. 숙소가 있는 레비스 거리에는 시장이 펼쳐져 온갖 군것질거리가 있었다. 카페와 상점들과 레스토랑들 사이에 오래된 서점이 있기도 했다. 17세기부터 있었다는 거리. 파리에 속하지 않았다가 몽소 공원으로 가는 길목이라 뒤늦게 파리로 편입된 거리의 아이스크림 가게 앞에, 신발가게 앞에 나는 서 있었다. 각각 다른 방향으로 지하철역이 세군데나 있다는 것도 알아냈다. 가게가 많고 장사하기 좋아 유대인이 많이 살게 된 거리인지, 유대인이 많이 살기 시작하면서 시장이 생긴 것인지를 생각해보기도 했다. 한낮의 낯선 광장에 서 있기도 했다. 더위에 인적이 끊긴 텅 빈 광장에 서 있다가 네가 부르는 것 같아 뒤돌아보기도 했다. 파리에서 지내던 K선생이 내가 이 도시에 머물고 있다는 걸 전해 듣고 안부를 물으며 시간이 되면 가보라고 전시회 팸플릿을 사진 찍어 보내온 것은 하릴없이 빌리에역으로 가서 지하철을 타고 북역엘 가보았던 날이었다. 지하철 입구 전광판에 새로 출간된 시몬느 드 보부아르의 회고록과 사진집 광고가 한낮인데도 조명 속에서 빛을 내고 있었다. 잠시 그 앞에 서 있다가 얼른 지하계단을 타고 내려가는데 네가 또 내 이름을 부르는 것 같아 돌아보니 여름볕이 눈을 찔렀다. 네가 오라고 하면 언제든 나는 북역으로 가서 혹은 동역으로 가서 너의 집이 있는 도시로 가는 기차를 탈 것이다.

모르는 도시를 배회하고 돌아오면 맥이 빠지고 공허한 기분에 휩싸이곤 했다. 너와 헤어지던 어느 공항에선가 수속을 밟고 출국장으로 들어가는 너의 뒷모습이, 탑승을 위해 들어가다가 내 쪽을 돌아보며 짧게 손을 흔들던 너의 실루엣이 마치 어제 본 것처럼 떠오르며 내내 눈앞에 아른거렸다. 그때 순간적으로 끼어든 생각, 저 비행기가 사고가 나면? 갑자기 예상치 못한 불안에 막 달려가서 너를 가지 못하게 하고 싶었던 그런 날이 있었다. 공허해진 내 마음은 너에게 찾아든 이 고통이 내가 언젠가 그런 생각을 했기 때문에 발생한 게 아닐까 싶은 생각이 들게도 했다. 신이 보고 있다가 그런 생각을 한단 말이지, 하면서 복수를 하는 것인지도. 나는 낙담해서 숙소의 침대 끝에 이마를 대고 가만히 있어본다. 아니다. 나는 나에 대해서도 가끔 그런 생각을 한다. 집을 떠날 때마다 내가 돌아오지 못한다면? 하는 생각. 비행기가 사고가 난다면? 하는 상상은 처음이 아니었어. 나는 자주 생각했다. 노트를 하나 마련해서 내가 없을 경우 딸이 해야 할 일이 무엇무엇인지 적어둬야지 싶어 노트를 펼쳐놓고 앞에 앉아본 적도 있어. 무엇을 적나? 작정하고 기록을 해보려니 내가 없다고 가족이 하지 못할 일은 없어서 허무할 지경이었다. 나는 허탈해져 침대 끝에서 이마를 들고 바닥에 퍼지듯 몸을 뉜다. 눅눅한 실내 공기, 시들어가는 여름꽃, 너무 익어 물러진 체리에서 풍기는 시큼한 냄새, 아침에 바스러뜨리다가 흘린 바게트의 부서진 가루들. 나는 아침이면 호주머니에서 쩔렁이는 유로 동전의 감촉을 느끼며 거리로 나가 갓 나온 바게트를 사왔다. 이 나라는 매년 어느 빵집이 바게트를 가장 맛있게 만드는지를 선정한다며 몇년째 1위를 한 빵집이 근처에 있다는 것을 알려준 이는 누구였는지. 아침마다 바게트를 사러 그곳엘 갔다. 어제 것이 그대로 남아 있어도 오늘 다시 나갔다. 그렇게라도 몸을 움직일 구실이 필요했다. 내가 어떤 마음이든 시장은 생기로웠다. 쉴 새 없이 움직이는 자전거와 트럭 사이에서 또각또각 구두 소리를 내며 빨리 걷는 사람들, 벌써 닭요리를 만들어 내놓은 식료품 가게들, 여름 트러플을 넣은 라비올리가 풍기는 흙 냄새, 아니 나무나 풀 냄새 같기도.

셀 수 없이 다양한 종류의 치즈 냄새들 속에 섞인 아침 풍경을 휴대전화로 찍어서 서울로 보내기도 했다. 이른 아침에 선글라스를 끼고 신문을 보며 커피를 마시는 여자, 막 문을 연 생선가게, 아직은 비어 있는 진열대에 납작복숭아를 펼쳐놓는 과일가게 남자의 등, 저울에 가득 올려진 색색의 베리들, 모노프리 앞에 늘어져 자고 있는 노숙자. 바게트를 사려고 줄 서 있는 사람들 중에 개를 데리고 나온 남자의 뒷모습을 찍을 때도 있었다. 다정하게 서로의 팔을 부축하듯 잡고 걸어가는 머리가 센 할머니 둘. 함께 늙은 친구일까? 나도 모르는 사이에 할머니들 뒤를 따라가다 멈춰 서서 그들이 시야에서 멀어질 때까지 바라보기도 했다. 오후가 되면 방금 나 혼자 있는 숙소의 문으로 누군가 들어설 것 같아서 문 쪽을 자주 돌아보았다. 문은 닫혀 있다. 조용하다. 매일 조금씩 더위가 더 짙어지고 있다. 나는 울적해져 바닥에서 일어나 소파에 얼굴을 묻고 길게 엎드린다.

P를 찾아봐야겠지, 나는 너에게 묻고 싶다. 내가 노력하지 않으면 우리는 부서져버리겠지? 너와 머리를 맞대고 내가 P에게 어떻게 했으면 좋겠는지 듣고 싶다. 이를

테면 P와 단절되는 일은 너의 어린 시절과도 단절되는 일인데 그래도 괜찮아? 같은 말. 괜찮지 않다,고 너에게 얘기하고 싶다. P에게 걱정을 끼치고 함께 간직한 것들을 훼손시켜 미안하다고 말하고 싶어. 강을 사이에 두고 P는 저편에 나는 이편에 있어도 우리는 서로를 비추고 있어서 P와의 관계가 단절되었다는 느낌을 가진 적이 없었는데 지금은 내가 P의 얼굴을 깨진 유리조각으로 깊게 파버린 것 같아,라고 나는 너에게 말하고 싶다.

나는 이제 어디로도 나가지 않는다. 숙소에서 나흘째 잠만 자고 있다. 침대에 엎드린 채 오후 세시쯤에 너에게 전화를 건다. 통화가 되어 내가 갈까? 물으면 너는 오지 않는 게 좋겠다고 말한다. 나는 또 내일 전화할게, 하고 전화를 끊는다. 너에게 전화를 거는 시간을 제외하면 나는 잠 속에서 몸을 일으킬 수가 없다. 자도 자도 잠이 남아 있다. 여름날의 끈적한 공기가 잠 속에까지 침입해 있다. 오래된 소나무는 죽은 후에 가지가 부러지고 둥치가 잘려서 위로 솟아나갈 수 없을 때 에너지를 뿌리 밑 주변에 저장시켜 복령이라 불리는 덩어리를 만든다고 한다. 큰 것은 어린애 머리만 하다지. 꿈인지 현실인지 모르게 어떤 사람들이 통화하는 소리가 벽을 타고 들려오는 것도 같은데 불현듯 복령이 혹시 너의 고통을 덜어줄 수 있을지도 모른다는 생각이 들어 나는 잠을 밀어내려고 허우적거린다. 복령을 찾아 들고 너에게 가고 싶다. 어쩌면 저 통화하는 목소리는 너에게 한번만 보게 해달라고 청하는 내 목소리인지도 모른다. 어떻게 그래?라고 따져 묻고 싶은 건지도. 왜 나를 보려고도 하질 않아? 그 목소리는 아는 목소리 같기도 하고 생판 모르는 목소리 같기도 했다. 한 목소리가 저 여자는 왜 잠만 자느냐고 묻는 것 같기도 하다. 다른 목소리가 나는 그 여자가 누구인지 알지 못한다고 말하는 것 같기도. 아는 목소리지만 그가 누구인지는 정확히 모르겠는 목소리가 저 여자는 자고 있는 게 아니라 이미 죽은 여자라고 말하는 듯했다. 귀 기울여보라고 숨소리가 안 들리지 않느냐고 기척이 없다고 출근할 때도 귀 기울였고 퇴근해서도 귀 기울였으나 저 여자는 움직임이 없다고…… 꿈속에서 들리는 목소리인지 현실에서인지 분간이 안 갔다. 며칠째 그래요, 문을 열고 들어가봐야 할까요? 나는 잠 속에서 내가 스스로 눈을 떠야 한다고 생각한다. 저들이 나를 깨우러 오기 전에 내가 스스로 깨어나야 한다고.

작년 여름에 네가 오랫동안 소식이 없다고 느껴서 안부를 묻는 나의 이메일에 너는 내가 알지 못하는 바닷가에서 답장을 보내왔다.

　나는 지금 프랑스 서중부에 자리한 작은 바닷가 마을에 와 있어. 남편이 천식이 악화되고 심장 기능이 약해져서 내내 골골거리니 의사가 요양이 필요하다며 바닷가에서 지내다 오는 것을 권유해 여기까지 왔어. 이 마을에는 작은 항구가 있는데 매일매일 장이 서는구나. 어제 항구에 들러서 작은 시장바구니를 하나 샀는데 마음에 들어서 오늘 하나 더 사려고 갔더니 그 장바구니를 파는 아가씨가 나오지 않아서 헛걸음만 하고 말았네. 어제는 그 장바구니에 어부가 직접 건져온 조개와 생선을 사서 담아왔는데…… 생선은 구워 먹고 조개는 스파게티 해서 먹었어. 모레 다시 독일로 돌아간다. 바닷가에 서서 이런저런 생각을 하는 평화로운 시간이었어. 몇몇들과는 친구가 된 지 오래되었고 이제는 평생을 같이할 거라는 생각도 했어. 남편은 낙천적인 환자라 바닷가에서 산책하고 쉬고 자고 쓰던 글도 쓰고 그런다. 유쾌하게 농담도 하고. 이런 시간이 감사해. 나는 아무것도 안 하고 걷고 하늘 보고 그런다. 오랜만에 쉬는 것이라서 좋아. 이제 이 휴식을 취하고 나면 좀 나아지길 바라본다.

오늘은 뭐 했어? 네가 묻는다.
─수보드 굽타 전시회에 갔었어.
─신은 부엌에 있다고 한 사람.
─응.
─좋았어?
─지금 오라고 하면 가서 얘기해줄게.
너의 침묵에 나는 너에게 해주려던 얘기를 삼켰다. 너를 만나면 얘기하겠지. 수보드 굽타의 어머니는 독실한 불교도였다고 해. 인도인이니 힌두교였을까? 어린 시절의 그에게 어머니가 지키고 있는 부엌이 세상에서 가장 따뜻하고 신성한 장소였대. 기도실만큼이나 중요한 장소가 그에겐 부엌이었다네. 너의 힘없는 목소리가 내 귀에 잠긴다.
─나는 이제 네가 집으로 돌아갔으면 좋겠어.

너에게 아침에 전화를 했을 때 운이 좋게 연결이 되었

다. 내가 오늘 너에게 갈까? 했을 때 너는 여기는 오지 않
는 게 좋아, 나를 위해서…… 했다. 이제 입으로는 아무것
도 먹을 수 없게 될 거야,라고도. 이제 음식은 코나 목에
구멍을 내어 호스로 주입을 시키게 될지도 몰라. 귤만이
아니라 어떤 것도 먹을 수 없게 된 너는 오지 않는 게 좋
아,라는 말도 하지 못하게 되는 날이 오겠지. 나는 전화를
끊고 힘을 내야 된다고 생각했다. 네가 마음이 바뀌어 오
라고 할 때 얼른 너에게 갈 수 있는 힘. 침대를 바라보다
가 움직여야 된다고 여겨져 K선생이 가보라고 했던 전시
를 떠올려 문자를 다시 찾아 보다가 그 전시가 수보드 굽
타 전이라는 것을 알았다. 이런 우연도 있구나, 생각하며
숙소를 나섰다. 제주에서 남루한 세간살이들을 한가득 싣
고 있는 배를 본 이후 수보드 굽타라는 이름이 잊히지 않
았다. 물론 너 때문에 더. 언젠가 너와 내가 동시에 서로를
생각하며 각자 다른 공간에서 만났던 작가의 파리 전시
회장은 화폐박물관이었다. 구글 지도를 작동시켜 찾아간
화폐박물관은 센 강변 프랑스 한림원 건물 옆에 자리하
고 있었다. 티켓을 사서 원형으로 된 야외 전시장에 들어
섰을 때 맨 먼저 보인 것은 수백개의 스테인리스스틸 주
방기구로 만들어진 해골이었다. 여름빛은 그 위에서 강렬

하게 튀었다. 나는 되쏘는 빛에 찔려가며 해골을 올려다보았다. 만족할 줄 모르는 신(Insatiable God). 어두운 눈구멍과 쩍 벌어진 구강 안의 금속이빨들과 튀어나온 두개골 속에 채워진 양동이와 접시와 밥그릇과 컵들. 전시장 여기저기에 광이 번쩍이는 짐 나르는 수레, 우유통, 쟁반, 물주전자, 주걱들이 흩어져 있었고 은빛 스테인리스 웍들과 기이한 형태의 크고 작은 항아리들이 나무에 주렁주렁 매달려 있거나 나무줄기를 이끌고 내려와 땅에 박혀 있었다. 주방기구들은 염주처럼 늘어선 기둥의 속을 가득 채우고 있거나 신전에 놓인 것 같은 항아리 바깥으로 흘러넘쳤다. 수백가지 번쩍이는 주방도구로 이루어진 굶주린 신, 배고픈 신, 절대로 만족을 모르는 신들의 형상이 내뿜는 에너지는 인자함이나 자비나 사랑과는 거리가 멀었다. 삶의 가혹함과 잔인함이 음침하게 뒤섞인 채 적나라하게 펼쳐져 있었다. 거기에 위로는 없었다. 잡을 손도 없었다. 막을 수 없는 과식과 위험한 굶주림만이 줄줄 넘쳐흘렀다. 번득이는 스테인리스스틸로 만들어진 신, 양철깡통의 신…… 제주에서 봤던 배가 싣고 있는 남루한 세간살이들과는 생판 다른 느낌 때문에 나는 기진맥진해 돌아와 너에게 전화를 건 것인데 너는 나에게 이제 집으로 돌아가라고 한다.

　기억하니? 그날들을. 그 도시 이름들을.

　네가 떠난 후 언제부턴가 우리는 이국의 도시에서 짧은 만남을 갖곤 했지. 하루일 때도 있었고 사흘일 때도 있었지만 일주일은 되지 않았지. 너는 너의 집으로 돌아가야 하고 나도 나의 집으로 돌아가야 했으니까. 우리가 묵었던 낯선 도시의 호텔방들. 그곳에서 우리가 불렀던 노래들. 내가 서울에서 가방을 꾸리며 너에게 무엇을 가지고 갈까? 물으면 너는 한결같이 노래책,이라고 대답했다. 언제부턴가는 묻지도 않고 나는 가방에 노래책을 넣어 갔다. 노래책을 사본 일이 없어서 처음에 나는 노래책은 어디에서 사느냐고 너에게 물었다.

　──서점에서 사지 어디서 사?

　──서점에서 노래책도 팔아?

　──그럼 서점에서 화집만 파는 줄 알았어?

　너는 너털웃음을 웃었다. 나도 따라 웃었다. 나는 왜 노래책을 서점에서 팔 거라는 생각을 해본 적이 없었을까. 너무 당연해서 질문을 가지지 않고 지내던 것들을 골똘히 생각해야 할 때가 있다. 이를테면 열여섯이 되기 전의

단발머리의 나, 중학생이었으니 단발머리가 당연한데 문
득 왜 단발머리를? 골똘히 생각에 빠질 때도 있다. 숟가락
옆의 젓가락이나 문에 달려 있는 열쇠고리나 오른쪽 운
동화 옆의 왼쪽 운동화나 달 하면 함께 연상되는 별 같은
것…… 그리고 우리들 앞에 놓인 시간. 다가올 시간은 지
나온 날 같지도 않고 지금 같지도 않겠지. 다만 그 시간들
을 함께 맞이하리라는 것을, 밤이 지나면 찾아드는 아침
처럼 당연한 것으로 여겨서 오늘 절박하게 너를 보지 않
아도 우리 앞에는 타래 같은 시간들이 있어 우리는 오래
함께할 것이기에 바로 지금 아니면 안 되는 것들, 노력하
지 않으면 사라지는 관계에 집중했었다는 생각이 든다.
너는 어디서든 시를 쓰고 나는 그림을 그리며 우리가 함
께 나이 들어가는 일은 빛 속에서뿐 아니라 어둠 속에서
도 왼손 옆의 오른손처럼 당연한 일이어서 질문을 가지지
않았다. 나는 내 앞에 남은 시간들이 하루하루 더 나빠질
것이라는 생각에 식은땀을 흘리게 되기도 하지만 그때에
도 함께 있을 몇 중의 한 사람이 나에겐 너였다. 뒤척이다
가 눈을 뜬다. 눈꺼풀이 두겹으로 말려서 눈두덩에 올라
붙을 때 빗소리 같은 차가운 질문이 나를 일어나 앉게 한
다. 이 여름이 지나고 가을이 오고 겨울이 올 때 너는 여

기에 있을까?

  —우리 함께 뉴욕에 가기로 했었는데.

  네가 말한다. 함께 뉴욕에 가보자,던 그 말을 기억하고
있구나. 너는 뉴욕을 보고 싶어한 게 아니라 거기에 살고
있는, 집으로 돌아가지 못한 분을 만나보고 싶어했지.

  —그곳에 아직도 그분 살아?

  —응.

  —아직도 한국으로 돌아가지 못하셨어?

  —이제 돌아갈 수가 없으시대.

  —왜?

  —모르는 나라가 되었대.

  내 말에 네가 모르는 나라, 혼잣말을 되뇌더니 힘없이
웃는다.

  네가 서른에 떠나온 내가 살고 있는 나라는 너에게 어
떤 나라가 되어 있을까. 생각하다가 나도 모르게 너에
게 미안해,라고 사과한다. 뭐가? 네가 잠깐만이라고 했
을 때마다 내가 그 말뜻을 못 알아들어서. 그게 뭐가 미안
해…… 네가 또 웃는다. 이런 대화들을 우리는 언제까지

나눌 수 있을까. 네가 독일말을 구사할 줄 안다는 건 나에게 힘이었다. 네가 그 나라 말을 잘 읽고 쓸 줄 알아서 나도 그 나라가 두렵지 않았다. 그 나라에 네가 있어 많은 것을 가능하게 해주었다. 그 나라의 호텔에 묵으며 그 나라의 신문을 들추며, 그 나라의 상가에서, 기차역에서, 나는 계속해 너에게 말했다. 철학의 길이 어디에 있는지 물어봐줘, 우연히 앞에 놓인 신문을 보며 이 사람은 페터 한트케 아니야? 뭐라고 쓰여 있는 거야? 여기에서 빈에 갈 수 있는 기차 시간은 몇시야? 어느 역에서 타야 되는 거야…… 너는 단 하나도 빠뜨리지 않고 대답을 해주었다. 대답 앞에 항상 잠깐만, 하면서. 잠깐만, 잠깐만, 너의 뺨은 붉어져 있었다. 나는 곧 너의 잠깐만을 잊어버리고 또 질문했다. 너의 모든 대답 앞에 잠깐만,이 붙었는데도 눈치를 못 채고. 항상 내가 너무나 빨리 여러가지 질문을 한꺼번에 한 거 미안해. 나조차 네가 모국어가 아닌 말을 통역해야 한다는 걸 잊어버리곤 했어. 이제야 너의 막막함이 쓰라리게 다가온다. 무슨 말을 하기 전에 잠깐만,이라고 붙이는 게 너의 언어 습관인 줄 알았구나. 나는 때때로 너의 느린 대답을 기다리다가 하품을 하기도 했겠지. 참 미웠겠다. 이제 너의 잠깐만,이 무엇인지 안다. 그 잠깐만

의 틈에 너는 내가 모국어로 발음한 질문을 그 나라 말로
바꿔서 알아보고 조사하고 걸러냈겠지. 그 잠.깐.만 사이
에 바삐 생각을 해야 했을 너의 머릿속. 무엇을 질문했는
지 정작 나는 잊어버리고 있는데 너는 밤에 호텔방에서
생각난 듯이 내 이름을 부르며 낮에 네가 신문을 보며 물
었던 거, 하면서 보충 답변을 성실하게 해주었다. 페터 한
트케가 세르비아 쪽에 서서 발언한 것에 대해 반발이 심
해서 나온 기사였어. 유고전에서 세르비아가 얼마나 많
은 사람을 학살했니. 세르비아를 두고 발칸의 학살자라
고 하잖아. 그런데 페터 한트케가 세르비아를 위한 정의
라는 것도 있다,고 발언했어. 낮에 네가 본 것은 페터 한트
케의 그런 주장에 대한 비판 기사였어…… 나는 너의 설
명을 귀 기울여 들었다. 오래전 너와 함께 읽은『왼손잡이
여인』『페널티킥 앞에 선 골키퍼의 불안』『관객모독』을
쓴 페터 한트케의 유니크한 작품세계를 형성하는 언어들
에 대해 이제 그 의미를 달리 둬야 할지도 모르겠다는 생
각이 들었고 뭔가를 상실한 듯한 울적함이 찾아와 물끄러
미 너를 바라보기도 했다.

  언젠가 너는 지금 나는 동화 한편을 쓰고 있단다,라고

했다. 어느 날 잠을 자다가 문득 동화의 마음이야말로 시적 발상지가 아닌가 하는 생각이 들어서 오래전에 사둔 안데르센과 오스카 와일드를 다시 읽었는데 엉뚱하게도 동화를 읽는 동안 아일랜드 시인이 쓴 "내가 만일 시가 어디에서 오는지 안다면 그곳으로 가고 싶어라"라는 한 구절이 생각났다고 했다. 나는 네가 언젠가 나에게 했던 말에 대답해주고 싶다. 그래, 네가 무엇을 하든 그것은 너의 시로 가는 길이었다고.

  나는 오늘 너에게서 또 한번 오지 않는 게 좋겠다는 말을 듣고 허탈해져 숙소를 빠져나와 발길이 닿는 대로 배회했다. 지하철을 타기도 하고 내리기도 하고 화재를 당해 그을린 듯이 보이는 긴 담벼락을 따라 걷기도 했다. 내 발길이 마지막에 닿았던 곳은 지난번 와본 적이 있는 화폐박물관 앞이었다. 전시는 계속되고 있었다. 잠시 망설이다가 다시 티켓을 사서 전시장 안으로 들어섰다. 굶주린 신, 배고픈 신, 만족을 모르는 신들을 오늘은 담담히 바라봤다. 나도 모르게 입가에 슬며시 냉소가 피어오르기도 했다. 처음 봤을 때는 마음이 뒤집히고 몸은 급히 어딘가로 떨어져내리는 것 같게 하던 형상들이 오늘은 그저 한

낯 내 얼굴 같았다. 모든 것이 잊히고 사라진 후에도 남는 것이 있을까? 그렇게 남은 것들은 무엇이 될까? 나는 박물관이 문을 닫을 때까지 거기 돌벽에 기대어 있었다.

　　— 오늘은 뭐 했어?
　오늘은 네가 상냥하다. 그러니 나에게 또 희망이 생긴다.
　　— 샹젤리제 거리에 나갔어. 오늘이 월드컵 결승전이 있는 날이었거든.
　　— 월드컵?
　　— 응. 프랑스와 크로아티아가 결승에 올라서 프랑스가 이겼어. 4대 2로.
　　— 그랬구나.
　너의 목소리가 희미하게 들렸다.
　　— 경기를 파리에서 한 거야?
　　— 아니…… 러시아의 모스크바에서.
　　— 프랑스 사람들 좋아했겠네.
　　— 좋아하는 정도가 아니라…… 폭동이 나는 줄 알았어.
　　— 폭동?
　　— 응.
　　— 사람들이 어땠길래?

──승리 소식을 들은 사람들이 사방에서 샹젤리제 거리로 쏟아져나와 깃발을 흔들고 소리를 질러대고 폭죽을 터뜨려대는 게 혁명군이 입성하는 것 같았어.

사나운 가장무도회 같기도 했다.

──K선생님 가족이 파리에 와 계셔. 따님 가족도 와 있더라. 아침에 사모님이 문자를 하셨어. 이 시기에 파리에 함께 있는 것도 뜻이 있는 거니 결승전을 함께 보자고. 오래전 한국에서 월드컵이 열렸을 때 한국팀이 4강에 올랐던 일 기억이 나니?

──기억나.

그 열광의 기억들. 벌써 희미해졌고 어느 날엔가는 사라지겠지. 그때 한국팀은 네가 살고 있는 이 대륙의 여러 나라를 차례로 꺾었지. 그 환호 속에서 문득 너를 생각했었다. 너는 누구랑 이 경기를 보고 있을까? 오프사이드가 무엇인지조차 제대로 알지 못하는 나 같은 이도 그 열기에 빠져 한국팀의 경기가 있을 때마다 아는 사람과 패를 이루어 거리로 나갔던 기억. 사모님이 보내준 주소의 아파트는 샹젤리제에 있었다. 샹젤리제에 아파트가? 늘 관광객으로 그 거리를 지날 때면 대로를 따라 가로수를 따라 명품 브랜드 간판을 따라 그것도 인파에 섞여 걸었던 기억밖에 없었다. 그 사이 어디에 아파트가 있었나? 떠오르지 않았지만 서울 명동에도 아파트가 있으니까, 생각하면서 길을 나섰다. 지하철을 타고 샹젤리제로 통하는 가장 가까운 역에 내려서 지도앱을 작동시켜 사모님이 알려준 주소의 안내를 들여다보며 골목을 돌 때 기시감이 들었다. 서울도 아닌 파리에서 월드컵 결승전을 같이 보겠다고 어떤 집을 찾고 있자니 오래전 갑자기 찾아든 열광을 함께 나누고 싶어 강북에서 지하철을 타고 강남으로 넘어가던 생각이 났다. 그때나 지금이나 축구를 이해하는 수준은 조금도 나아지지 않았으면서 이렇게 남의 나라에서 월드컵 결승전을 보러 어딘가로 걸어가고 있는 게 코미디극에서 지나가는 역할을 맡아 수행하는 듯한 느낌이었다. 내가 길을 못 찾을까봐 염려됐는지 렌트한 아파트로 접어드는 코너에서 K선생이 기다리고 있었다. 선생이 저만큼 오가는 프랑스인들 사이에 서서 나를 향해 손을 흔드는데 예기치 못한 반가운 감정이 왈칵 솟아올랐다. 몹시 반가워서 눈물이 나려고도 했다. 무엇에 눌려 있던 감정이 그 순간 터져나온 듯했다. 누군가 물청소를 해놓은 꽃집 앞을, 그 후더운 대기 속을 K선생을 향해 달려

가면서 생각했다. 너에게도 이렇게 달려갈 수 있다면 얼마나 좋겠는지. 지금 내 마음의 모든 시간은 이렇게 너와 닿아 있어. 낯선 도시의 낯선 거리의 낯선 시장에서 크루아상을 사거나 포도며 망고를 고르거나 오후의 더위 속에서 땀에 젖은 낮잠 속을 허우적거리는 모든 시간 속에 네가 있다. 끈질기게 너를 생각하는 이 시간들이 너의 고통을 조금이라도 덜어주기를 바라.

사모님이 미리 차갑게 해놓은 유리잔에 시원한 맥주를 따라주었다. 우리는 맥주잔을 한잔씩 앞에 놓고 축구경기가 시작되기를 기다렸다. 아파트의 크고 작은 창문들은 모두 열려 있고 대로 쪽으로 한패의 젊은이들이 몰려가며 함성을 내지르는 소리가 들렸다. 분명히 이곳은 파리이고 처음 방문한 아파트인데 이 모든 것이 익숙한 느낌이었어. 여름의 열기, 축구경기, 함성, 맥주.

경기가 시작되려고 할 때 K선생 손자가 우리를 향해 물었어.

―어느 쪽을 응원해요?

아이가 붉은 수박을 베어 문 채 우리의 대답을 기다렸어. 어려운 질문도 아닌데 우리는 비밀을 발설해야 하는 사람들처럼 쭈뼛거리며 웃기만 했어.

―응? 어느 쪽?

　K선생과 사모님과 나 그리고 아이의 부모까지 어른 다섯은 아이의 질문에 대답을 못했어.

　―왜 그랬어?

　네가 희미하게 묻는다.

　―아이를 실망시키고 싶지 않았어.

　답답해진 아이가 사모님 단 한 사람을 향해 다시 질문했지.

　―할머닌 어느 쪽이에요?

　―그냥 보는 거야. 나는 어느 쪽도 아니야. 너는 어느 쪽을 응원하니?

　아이는 마치 그 질문을 기다렸다는 듯이 나는 프랑스! 하고 외치듯 말했어.

　―왜 프랑스를 응원해?

　―내가 지금 여기 있으니까요.

　아이의 대답은 명쾌했어.

　경기가 시작되기 몇시간 전부터 이미 샹젤리제 거리와 에펠탑엔 십만 가까운 인파가 운집되어 있었어. 프랑스가 일방적으로 앞서갔어. 아이는 신이 났지. 프랑스가 유리해질 때마다 환호성을 지르며 시무룩해진 어른 다섯을

의아하게 봤어. 크로아티아가 자책골을 넣을 때 한숨을 쉬는 우리를. 프랑스가 페널티킥을 성공시킬 때 아이 혼자 환호를 하고 그 환호는 열어놓은 창으로 쏟아져 들어온 함성과 만나 퍼져나갔지. 전반전이 절반쯤 지났을 때 크로아티아의 선수가, 그 선수 이름은 이반 페리시치라고 하더라, 발리 슈팅을 날렸어. 그때 어른 다섯이 갑자기 소파에서 일어나거나 창가에 서 있다가 티브이 앞으로 다가오며 일제히 와아, 소리를 질렀어. 그로써 1:1이 되었거든. 어른 다섯은 기뻐 웃느라 잠깐 잊고 있던 아이를 나중에 바라봤어. 그 아이의 표정을 너에게 보여주고 싶네. 두 눈을 동그랗게 뜨고 먹던 빵을 손에 든 채로 이상한 나라의 어른들이 여기 모여 있네, 하는 표정이었단다. 우리는 아이에게 미안해져서 곧 자기 앞에 놓인 맥주를 마시거나, 멜론 한조각을 포크에 찍어 먹거나 했다. 우리가 사실은 모두 크로아티아를 응원하고 있다는 것을 그렇게 아이에게 들켰지. 크로아티아는 경기를 뒤집지는 못하고 프랑스에 2:4로 패했어. 프랑스 골키퍼가 결정적인 실수를 했을 때가 생각나네. 어른 다섯이 또 웃음을 터뜨리며 기뻐하자, 아이가 벌떡 일어나며 이상해! 소리치고는 우리를 보았단다. 어느 편도 아니라면서요! 아이는 정말 의아하다는 표정을 지었어. 알고 보니 저 어른들이 모두 한패였네, 싶은지 아이는 거의 울 듯했단다. 너에게 축구경기를 본 상황을 얘기하다가 나는 흠칫 놀랐다. 내가 아무렇지도 않게 다른 사람들처럼 웃으면서 축구경기를 보았다는 것을 너에게 얘기하면서야 깨달았다. 이런 날도 있구나. 나는 내가 낯설어서 얼른 너에게 말했다.

—내 말 들어?
—응.
—나 내일 너에게 갈까?
—이렇게 통화하잖아.
—이건 너를 보는 게 아니잖아.
—서운해?
—응.
—나는 알아. 이미 너는 지금의 나를 이해하고 있는 거.
—………
—나중에 네가 나 기억할 때 여기까지만이면 좋겠어. 너 아니고 누구라도. 오늘은 이상하네. 머리가 좀 맑아. 이런 말 할 수 있어서 좋아. 통증이 시작되면 내가 어떤 모습인지 나도 몰라. 그냥 덩어리가 된 거 같아. 나도 모르는

고통스러워하는 나 말고, 너무 작아져서 없는 것 같은 나 말고…… 그래 여기까지만.

너에게 「라 마르세예즈」가 울려퍼지던 거리를 어떻게 이야기해줘야 할까. 쏟아져나온 군중의 얼굴과 팔과 다리에는 프랑스 국기의 삼색이 어지럽게 칠해져 있었어. 각양각색의 보디페인팅은 어지럽고 눈이 부셔 올려다볼 수가 없었어. 사자처럼 호랑이처럼 분장하고는 질주하던 이들. 상반신을 드러낸 채 트럭에 올라탄 젊은이들. 목쉰 외침들, 자동차의 경적 소리, 오토바이들이 내지르는 클랙슨 소리. 딸이 그 광경을 함께 봤으면 뭐라고 했을까를 생각했어. 모든 것을 잊고 크로아티아를 응원하고 환호하던 어른 다섯 속의 나를 딸은 어떻게 생각할까. 인파 속에서 울적해졌어. 머리가 깨질 것같이 아프고 구토가 올라왔어. 세상은 그런 것이다. 네가 누구도 가까이 오지 못하게 하고 혼자 고통과 대결하며 순간순간 까무러치고 있을 때도 어디에선가는 이런 기쁨의 함성을 내지르며 질주하는 사람들이 있지. 이렇게 시간은 제각각이야. 나는 인파에 섞여 떠밀리고 나아가고 돌려세워지며 샹젤리제 거리에 서 있었다. 너에게 가겠다고 억지를 쓰지만 허락하지 않는 너의 마음은 이미 알아, 여기에서 이러고 있을 수밖에 없는 게 나라는 거 너도 알겠지. 열광과 기쁨으로 흥분한 사람들 속에 섞여서 오늘은 네가 어떤 통증에 뭉개졌을지를 막막하게 떠올려봤어. 나에게 이 거리는 온통 막막한 기차역 같구나. 도착 시간이 지났는데도 오지 않는 기차를 기다리며 어둠 속의 철로를 매일 내다보고만 있는 것 같아. 이미 기차가 출발했다지만 나는 기차가 영원히 도착하지 않기를 바라는지도 모르겠어. 인파 때문에 지하철을 탈 수 없어 지도앱의 안내를 받아 걸어서 숙소로 돌아오는 중에도 골목골목에서 사람들이 쏟아졌다. 밤도 그들의 기쁨을 가로막지 못했다. 빵빵거리는 소리에 고개를 들면 모르는 나를 향해 오토바이를 탄 청년이 하이파이브를 하자고 손바닥을 내밀었다. 무심코 올리려다 멈춰져 있는 내 손바닥을 강탈하듯 부딪치며 소리치고 노래를 부르며 지나갔다. 기쁨에 겨운 외침들, 발작에 가까운 몸짓들, 더 열광하기 위해 더 기뻐하기 위해 흥분한 군중은 더 더 더……를 향해 나아가다가 닫힌 상가들의 유리창을 깨고 술병을 꺼내고 뚜껑을 따 바닥에 팽개치며 거리를 활보했다. 나는 가로수 밑에 주저앉아 오래 구토를 했어. 그럴 수만 있다면 나를 다 게워내고 싶었어.

오늘은 네가 나에게 노래를 하나 불러달라고 한다.

―노래?

―너 잘하는 노래 있잖아 중얼중얼하는 거.

―뭐?

―높낮이도 없고 경 읽는 거처럼 웅얼웅얼하는 거.

너의 말에 나는 웃는다. 내가 웅얼대면서 그걸 노래라고 불렀나보구나.

―너 자주 부르는 거 있었는데…… 그러고 보니 제목도 모른 채 듣기만 했네. 생각나는 대로 시작해봐.

―가사 다 잊어버렸어.

―잊었다 해도 생각나는 게 있을 거야.

다 잊었다 해도 생각나는 거? 나는 휴대전화에 대고 너의 말대로 무슨 노래든 생각나는 대목을 불러보려고 노력한다. 잊히고 남아 있는 것들은 한 소절도 이어지지 못하고 자꾸만 잘려서 다시 시작하고 다시 시작한다. 노래가 끊기는 어느 틈에 네가 내 이름을 부르더니 미안하다고 말한다. 무엇이? 네가 절망에 빠졌을 때 바로 연락하지 못한 것. 어떻게 해야 할지 나도 감당이 안 되었어. 나는 수화기를 든 채 눈을 감는다. 그때 우리가 이렇게 멀리 떨어져서 나이 들고 있는 게 실감 나고 힘들더라. 네 옆에 있어주고 싶은데 가지 못하는 게…… 이어지지 않던 노래의 어느 대목이 불현듯 또렷이 생각이 났다. 바람아 너는 어딨니, 내 연을 날려줘. 저 들가에 저 들가에 눈 내리기 전에. 그 외딴 집 굴뚝 위로 흰 연기 오르니 바람아 내 연을 날려줘 그 아이네 집 하늘로. 너는 말한다. 여기가 어디인지를 모르겠어. 나는 가만히 너의 힘없는 목소리를 듣고 있다. 나 열여섯살 때 체중이 얼마였는지 알아? 갑자기 나온 체중 이야기에 나는 응? 휴대전화를 귀에 바짝 대었다. 너에게도 얘기 안 했지? 내가 그때 68킬로그램이었어. 이 작은 키에 68킬로그램의 뚱뚱한 여자애를 상상할 수 있겠어? 상상이 되지 않는다. 점점 작아지고 작아지고 있을 너이기에 더욱. 그래도 용기를 내서 앞으로 나아가려고 했어. 봐, 서울을 떠나 이곳까지 왔잖아. 네가 말을 멈추고 희미하게 웃었다. 나는 조금씩 조금씩 그렇게 매일 조금씩 용기를 내서 앞으로 나아가는 시간들을 살았다는 생각이 들어, 다행히도. 내가 여기에서 이렇게 주저앉아 더 나아갈 수 없게 되었다고 생각하지 말아. 그런 것만도 아닌 것 같거든. 나는 지금도 나아가고 있는 거 같아. 예상치 않은 곳이라 두렵긴 하지…… 하루에 열한시간씩 발굴을 할 때도 있었어. 내 손이 작잖아, 그래서 네가 항상 아기 손 같다고 했잖아. 그래 내 작은 손. 한때는 작은 게 부끄러워서 주머니에서 빼지 않기도 했어. 너는 그랬구나. 나는 내 손이 너무 커서 주머니에 넣고 다니던 때가 있었는데. 너는 가만히 말한다. 내 작은 손이 발굴할 때는 아주 유용한 도구가 되었단다. 내 손은 그 오랜 시간을 묻힌 채 버텨온 유물들이 더이상 훼손되지 않게 흙먼지 속에서 온전히 집어낼 수 있었어. 팀원 중에서 나만이 그걸 할 수 있었다구. 이 손이 정말 많은 일을 했더라.

통화가 되면 항상 네가 물었던 오늘은 어땠어?라는 말을 오늘은 내가 묻는다.
—굴참나무에 대한 이야기를 남편과 했어.
—굴참나무?
—처음엔 우리 집 마당 전나무 아래를 생각했는데 앞날은 모르는 거니까 숲속의 굴참나무 밑으로 정했어. 집은 팔 수도 있는 거고. 남편이랑 가끔 산책 나가는 곳이라 잘 아는 숲이야. 숲속으로 들어서면 하늘을 향해 나무들이 줄지어 서 있어. 누구도 줍지 않아서 떨어진 도토리들이 연년세세 쌓여서 바닥에 두껍게 깔려 있어. 걸으면 도

토리들이 바스락거려.

너는 아무렇지도 않게 묻힐 곳을 굴참나무 숲으로 정했다고 말한다.

—집에서 가까워.

나는 이제야 네가 있는 그곳이 너의 집이라는 것을 깨닫는다. 너는 떠나서 돌아오지 않은 게 아니라 그동안 너의 집에 살고 있었다는 것을.

—주소 알려줄까?

—무슨 주소?

—내가 묻힐 굴참나무 숲 주소.

나는 눈을 감고 어깨를 내리고 등을 세우고 종아리를 모으고 발가락에 힘을 준다.

—남편에게 10월쯤에는 마당에 튤립 뿌리를 묻어두라고도 했다. 그래야 봄에 꽃을 볼 수 있으니까. 흙이 산성이고 많이 줄어들었으니 흙을 한 차 주문하라고도.

무슨 생각이 나는지 네가 가만히 웃는다.

—나무들이 해나 물만이 아니라 흙도 슬금슬금 먹나 봐. 매해 흙이 줄어들어.

—………

—내 말 듣니?

동료들과 아마존에 간 적이 있었어. 거기 어디에 반딧불이 서식지가 있다고 해서 우리는 깊은 밤중에 배를 타고 노를 저어 반딧불이들을 보러 갔어. 칠흑같이 어두운 밤이었지. 우리를 태운 배는 수풀과 나뭇가지들 때문에 멈췄다가 다시 얼마쯤 앞으로 나아갔어. 물살이 노에 갈라지는 소리만 귀에 들렸지. 배가 강의 안쪽으로 밀려들수록 수로가 점점 좁아지고 어둠은 더 깊어졌어. 반딧불이는 어디에 있는 것일까? 내 눈에는 어둠 외에 아무것도 보이지 않았어. 바람이 불 적마다 물살이 일어 쏴아 하는 물소리만 예민해진 귀에 쌓여갔어. 배가 침몰하게 되면 누구도 우리를 찾을 수 없을 것 같은 어둠만이 우리를 에워쌌어. 왜 누구도 아무 말도 하지 않았을까. 움직이는 소리도 웃음소리도 없이 우리는 그렇게 반딧불이를 찾아 물살을 타고 밀어내면 다시 밀려드는 어둠 속으로 나아갔어.

떠나온 곳에서 아주 멀어졌는데도 물소리와 노 젓는 소리와 어둠뿐이었다. 반딧불이를 보겠다고 한밤중에 배를 탄 우리가 소리 없는 어둠에 멱살을 잡힌 기분이었다. 급기야 나는 배가 뒤집어지고 노가 물살에 밀려 어둠 속으로 떠내려가고 나 혼자 물속으로 가라앉는 환영을 보았다.

물달팽이들이 온몸에 들러붙는 것 같았어. 반딧불이들은 어디 있는 거야, 물지렁이들에게 발가락 틈새를 파먹히며 나는 점점 물밑으로 가라앉았어. 자맥질치던 손에서 힘이 빠지고 물컹거리는 물풀들이 눈 속으로 콧속으로 입 속으로 온몸의 구멍을 쑤시고 침입하는 것 같았을 때 보트에 탔던 누군가 짧은 외마디 소리를 냈어. 저거 봐, 반딧불이야. 물밑으로 가라앉는 환영 속에 눈을 떴어. 눈앞에 가득 찬 빛. 와아, 와아 소리치듯 어둠과 어둠 사이를 흘러다니는 빛의 뭉텅이들. 나무도 나무와 나무 사이도 나뭇잎도 나무둥치도 반짝이는 덩어리들에 에워싸였어. 저게 반딧불이 맞아? 어떻게 저렇게 크지? 눈앞의 반딧불이는 청년의 주먹만 했어. 빛의 덩어리들이 어둠을 뚫고 날아올랐다. 수백마리를 모아놓아도 저런 덩어리는 아니었는데? 잠시 소란스러웠으나 우리는 곧 조용해졌다. 모두들 반딧불이가 날아오르는 곳을 바라보며 하나둘, 말을 잃었어. 보트가 뒤집어져 물밑으로 가라앉는 환영을 보던 나도 물을 툭 차고 보트의 난간에 매달려 그 빛을 응시했어. 빛의 덩어리가 내 눈 속으로 첨벙 뛰어들었어. 나는 너에게 이 이야기를 하고 싶었는지도.

　너에게 갈 수 없으니 나는 여기 있을게. 오늘은 어땠어? 내일도 물을게. 배에 실린 것을 강은 알지 못하지. 반짝이는 눈망울을 한 아이들, 모든 것을 잃고 멀리 떠나는 사람들, 남루한 세간살이들, 누군가를 부르는 애타는 목소리. 이 고통스러운 두려움과 대면할게. 사랑하고도 너를 더 알지 못해서 미안해. 그 강에서 내 눈 속으로 들어왔던 반딧불이 한덩어리가 너에게 날아가기를 바라. 통증 때문에 점액질이 되어버렸을지라도 너의 눈이 단 일초라도 그 빛의 덩어리와 마주치기를. 신은 늘 굶주려 있는 것 같아, 잡아먹힌다 해도 앞으로 나아갈게. 내일 다시 연락할게.

작별
곁에서

일요일에 서울에서 제주로 왔습니다.

선생님께 팔년 만에 쓰는 편지인데 불쑥 일요일에 제
주에 왔다고 쓰다니…… 제 첫인사가 선생님께는 의아할
지도 모르겠구나 싶습니다. 더구나 지금 서울에서 제주를
갔다고? 선생님의 눈 속에 걱정이 차오르는 것을 느낍니
다. 매일 긴급재난 문자가 날아드는 때에 집을 떠나다니,
그것도 비행기를 타고 이동을 하다니…… 하시겠지요. 코
로나19로 이름 붙여진 바이러스가 전세계를 강타한 때라
선생님도 그곳에서 집에만 계시겠지요. 저도 오랫동안 서
울의 집에만 있었습니다. 팬데믹이 시작되기 훨씬 전부터
요. 세계의 국경을 폐쇄시키는 바이러스가 창궐할 줄을
누군들 짐작이나 했겠는지요. 미래 영화에서나 봄직한 풍

경들이 제 인생에서 발생할 줄은…… 누군가 인류가 멸망을 한다면 전쟁이 아니라 환경과 바이러스가 그 요인이 될 거라고 했던 게 실감나는 요즘입니다.

잘 지내고 계신가요?

이제야 이렇게 안부를 묻고 보니 죄송한 마음 한쪽에 불안이 깃듭니다. 선생님은 저에게 나를 잊었느냐고 물으셨지요. 선생님의 긴 이메일에 답장을 쓰지 못하고 있었지만 선생님을 잊어본 적이 없습니다. 잊지 않았습니다. 제가 어찌 선생님을 잊을 수가 있겠는지요. 그러고 보니 팔년 전에는 지금과는 반대로 제주에서 황급히 서울로 향하는 비행기를 탔었군요. 그날 어떻게 제가 서울의 집에 도착했는지는 기억이 나질 않습니다. 그러네요, 그렇게 황급히 제주를 떠나 집으로 온 후에는 줄곧 집에만 있었습니다. 아니네요. 두번, 아픈 친구를 만나기 위해서, 그 친구를 굴참나무 숲으로 보내기 위해서, 집을 두번 비운 적은 있군요. 두번 다 친구의 얼굴을 볼 수는 없었어요. 그 외에는 계절도 날짜도 시간도 다 뭉개져버린 자리에 욕실 타일 바닥에 쓰러져 있던 딸아이의 모습만이 제 모든 시간에 들러붙고 들러붙어 눈을 감아도 떠도 서 있어도 앉아 있어도 한발짝도 걸어나올 수 없이 거기에 있었습니다. 그림을 그릴 수도 텔레비전을 볼 수도 낮인지 밤인지 분간을 할 수도 없는 시간들이 덩어리로 흘러간 뒤에 가끔요, 그러니까 열린 문틈으로 다른 바람결이 느껴질 때, 새해가 시작되는 기미일 때, 기억도 할 수 없는 그 어딘가를 떠돌다가 문득 선생님, 하고 불러볼 때가 있었지요. 부르고 나면 곧 움직이기를 멈춘 채 얼어붙곤 했습니다. 선생님을 불러보는 일은 눈보라 앞일 때도 있었고 밤새 창문이 덜컹거리는 바람 소리에 잠을 깨는 순간일 때도 있었고 며칠째 장맛비가 내려 비탈진 대문 바깥 골목이 계곡으로 변했던 날일 때도 있었습니다. 내 집이 비탈진 길목에 있어서 더 그랬을 거예요. 무엇이든 다 쓸어내버릴 것 같은 거센 물길로 변한 골목에 종아리를 담그고 서서 선생님, 하고 부를 때는 그대로 그 물살에 쏠려가고 싶은 욕망을 밀어내느라 물속의 불어터진 제 발바닥에 팽팽하게 힘이 들어가 있기도 했었네요. 선생님,을 부를 수 있었기 때문이라고 생각합니다. 잠시 혼미해진 제 마음이 아래로 쏠리고 쏠려 내려가는 물속을 걸어나가야겠다는 쪽으로 간신히 방향을 잡을 수 있었던 것은요. 첨벙 소리를 내며 대문 쪽으로 한발짝 걸음을 옮기며 선생님을 부를 때도 있었습니다. 맥락 없이 그렇게 자주 선생님을 불렀네요. 나는 모르는 나라의 울창한 숲속 아름드리 굴참나무 밑에 친구가 묻힐 때도 막연히 그렇게 선생님, 하고 불렀습니다.

제가 뉴욕에서 지내던 어느 날인가 선생님과 첼시의 하이라인을 걷던 생각이 날 때는 어디서나 깊은 숨을 내뱉고 우두커니 서 있기도 했습니다. 그날 선생님이 호흡이 가빠지며 고통스러워하시던 모습이 떠올라서요. 그날은 왜 그렇게 바람이 많이 불었는지요. 가끔 웨스트체스터 카운티에 사시는 선생님이 맨해튼으로 나오면 우리는 버려진 고가철도를 공원으로 바꾼 하이라인을 걸었지요. 하이라인이 시작되는 14번가로 휘트니 미술관이 이전되기 전이니 그 일도 벌써 십여년 지난 일인가봅니다. 뉴욕을 처음 방문한 제게 선생님이 제일 먼저 데리고 간 곳은 링컨센터도 메트로폴리탄 미술관도 센트럴파크도 아닌 하이라인이었습니다. 하이라인에 가자, 고 하실 때마다 선생님 목소리에 넘치던 에너지가 저까지 힘나게 하였지요. 하이라인? 지금이야 너무도 유명해졌지만 당시의 저로서는 처음 듣는 장소인데도 선생님이 가자고 하는 하이라인이라는 곳은 얼핏 젊은이들이 많이 모이는 활기 넘치고 세련된 곳이리라는 생각을 하게 했습니다. 그런데 막상 선생님과 도착한 하이라인은 옛날 철길을 공원으로 만든 길이었어요. 고가에 놓인 철길을 따라 도시 한복판을 3킬로미터도 넘게 걸을 수 있다는 게 신기했습니다. 거기엔 맨해튼의 거주자들보다 여행자들이 바글바글했지요. 가끔 아무 맥락 없이 해 저물 때 하이라인에 몰려든 여행자들이 그 길 여기저기에 놓인 나무의자에 앉아 웃음을 터뜨리던 풍경이 떠오르기도 합니다. 하이라인이 18세기 산업혁명 이후 화물운송을 하기 위해 만든 고가철도라는 것은 나중에 알았습니다. 산업이 발전하면서 폐쇄된 철도가 그 도시에 거의 삼십년을 방치되어 있었다지요. 인간이든 공간이든 사물이든 오래 방치되면 문제가 생기기 마련입니다. 지금의 저처럼요. 흘러가지 못하고 물이 고이면 자연스럽게 냄새를 풍기는 것과 마찬가지로요. 하이라인이 되기 전 그 길도 그랬다지요. 폐쇄된 철길 위로 무단 쓰레기가 쌓여 썩어가고 그 사이로 잡초들이 거침없이 웃자라 거기서 무슨 일이 벌어지는지 알 수가 없을 정도여서 이슥한 밤이면 종종 범죄의 현장이 되기도 했다지요.

한때는 물류를 수송하여 시민의 경제를 책임지던 철길은 도시의 골칫거리가 되어 철거가 거론되었다고요. 두 청년이 아니었으면 하이라인은 공원이 되지 못하고 철거되었을까요? 선생님께서 그들의 이름까지 알려주셨는데 잊어버렸습니다. 도시 재생에 대한 연구를 하던 두 청년이 철거를 눈앞에 둔 철길을 되살리기 위해서 '하이라인 친구들'이라는 단체를 만들었다고 했던가요? 맨해튼과 오래 함께해온 철길을 없앨 게 아니라 시민들과 함께 살 길을 모색하자고 나섰던 두 청년이 이 지상에서 사라질 뻔한 그 오래된 철길을 결국 공원으로 만든 셈이겠지요. 물론 그들의 주장에 공감하고 동조해준 사람들의 힘이기도 하겠구요. 덕분에 방치되어 있던 철길이 지금의 하이라인 파크가 되었다고 생각하면 변화는 다른 생각을 가진 사람들이 가져오는 것 같습니다. 선생님은 하이라인 앞에서 매번 나는 맨해튼에 이거 보러 나와, 했습니다. 선생님이 그리 말씀하실 만큼 하이라인은 걷고 싶은 길이었습니다. 기차를 달리게 하던 철길엔 다양한 나무와 풀과 잡초가 자라고 있었지요. 정말 종이 다양해서 이건 뭐지? 저건 또 뭐야…… 그 길을 걷다보면 나무와 풀들을 좇아 하염없이 시간을 보내게 되기도 했습니다. 도심 한복판에서

실로 특이한 경험이었어요. 그 길을 선생님과 함께 걸었던 때를 생각하면 그리움이 일렁입니다. 오른편으론 허드슨강이 눈에 들어오고 왼편에는 맨해튼의 마천루들이 눈앞으로 쏟아질 듯했어요. 완성된 하이라인은 14번가의 시작점에서 32번가까지 이어져 있다고 들었습니다. 선생님과 걸을 때는 완성이 덜 되어 22번가까지만 걸을 수 있었는데요. 첼시마켓이 보이던 쯤에서 제가 왜 이 길이 좋은데요? 묻자 선생님은 떠나온 고향에도 기찻길이 있었어, 라고 하셨어요. 선생님이 떠나온 곳. 저는 아무 말도 할 수가 없어서 그저 눈앞에 펼쳐지는 높다란 빌딩들을 올려다볼 뿐이었네요. 그립고 아름답던 기억들은 아래로 가라앉고 나중엔 17번가쯤으로 내려가는 엘리베이터 앞에서 선생님이 기침을 지나치게 심하게 하시던 모습만 남아 있습니다. 가슴을 움켜쥘 정도로 가라앉지 않던 기침. 그날따라 바람은 왜 그렇게 심하게 불던지요. 그 기침 소리와 가슴을 움켜쥐던 모습이 떠오르면 안절부절못하는 마음이 되곤 했습니다. 선생님은 괜찮아, 가끔 있는 일이야,라고 하셨지만은요.

지금도 하이라인을 종종 걷고 계신지요?

선생님의 메일을 계속 받으며 다른 사람에게는 몰라도 선생님께는 곧 답장을 쓸 수 있을지 알았으나 생각처럼 되지 않았습니다. 일년이 지나고 이년이 되는 건 순식간의 일이었습니다. 새해가 어느덧 세밑이 될 때면 망연한 마음으로 내년에는 쓸 수 있기를 바랐지만 다시 세밑이 되는 일이 몇년째 반복되자 이제는 선생님이 저를 잊으셨을지도 모르겠다,는 생각이 들기도 했습니다. 잊을 수 있으면 잊고 지내는 것도 나쁜 일은 아닙니다. 잊을 수 있다면 말입니다. 시간과 함께 모든 게 희미하게 옅어지는 건 가을 뒤에 겨울이 오는 일처럼 자연스러운 일이니까요. 맺힌 게 없이 자연스럽게 잊히는 삶을 누구나 살게 되는 건 아니라는 것을 이제는 알게 되었습니다.

가끔 처음 해보는 일이나 처음 당해보는 일 앞에 처하게 되면 제 나이를 생각하게 되고 마음이 물끄럼해집니다. 아직도 처음인 게 남아 있다니 싫어서요. 도대체 얼마를 더 살아야 처음 닥치는 일이 사라지는 것일까요. 인생에서 처음 해보는 일이 사라지는 날은 없겠지요. 누구에게나 죽음을 앞둔 일초 전도 처음 처하게 되는 순간일 테니. 그러니까 인간은 태어나서 죽기 일초 전까지 처음 앞에 서게 되는 거네요, 선생님. 이 코로나바이러스와 팬데믹 사태처럼요. 우한이 봉쇄될 때만 해도 남의 나라 문제려니 생각했습니다. 중국의 날씨에 따라 서울의 미세먼지 수치가 달라지는 경험을 보통으로 겪으며 살면서도 한국에서 감염병 환자가 속출하기 전까지 방심했어요. 이런 날들이 이어지리라고 어찌 짐작이나 했겠는지요. 대구에서 한 종교단체의 집단감염이 밀어닥칠 때조차 저는 사소하게 친구 생각만 했습니다. 대구에서 태어나 서울에서 살고 있는 친구가 지난해 가을 나이 드신 아버지를 자신의 아파트 아래층으로 모신 후에 코로나19가 시작되어서 그게 다행으로 여겨졌습니다. 만약에 그러지 않았으면 봉쇄된 도시에 아버지를 두고 친구가 얼마나 애를 태웠겠는가, 그때만 해도 제 생각은 거기에 머물러 있었어요. 그러다가 날마다 긴급재난 문자가 수신되고 아침저녁으로 질병관리청의 브리핑도 개시되었습니다. 게다가 확진자들의 동선이 공개되면 바로 그 거리, 그 건물, 그 장소가 폐쇄되어 텅 비는 것을 보니 그때야 두려움이 엄습하더군요. 방송국에 근무하는 아는 사람에게, 옆자리 동료가 확진자로 판명되자 하얀 방호복을 입은 사람들이 나타나 동료를 격리 장소로 데려가고 즉시에 사무실이 폐쇄되고 소독약이 뿌려지고 그곳에서 일하던 사람 전원이 PCR 검사를 받은 뒤 재택근무에 들어갔다는 얘기를 듣는 일은 등을 곧추세우게 했습니다. 덩어리로 생각했던 바이러스가 낱낱이 갈라지며 바로 내가 다니는 골목으로 날아드는 느낌이었어요. 감염병 환자들을 실은 외국의 대형 크루즈선이 입국을 거부당해 바다 위에 떠 있는 모습을 뉴스 화면에서 볼 때는 팔에 소름이 돋았어요. 배 안에서 누군가는 죽고 누군가는 감염되고 있는데도 그 배에서 내릴 수가 없는 상황이라니.

거대한 크루즈 선박은 바다 위에 며칠이고 정지해 있었어요.

배에 탄 사람들의 국적이 56개 나라에 걸쳐 있다는 보도에는 눈앞이 까마득해졌습니다. 지구의 어느 한쪽에서 일어나는 일이 아니라 전세계에 걸쳐 있는 일이라는 걸 깨닫는 순간이었으니까요. 곧 팬데믹이 선포되고 이어서 국경이 폐쇄되는 일이 연속적으로 벌어지고 해외에 나가 있는 자국인들을 실어나르는 항공기들이 띄워지는 나날들. 서울을 싫어해서 단기비자를 연장해가며 스페인 빌바오에서 살고 있던 가까운 사람이 비행기 티켓이 여섯번이나 취소되는 일을 겪으면서 입국이 허락되는 몇나라를 거쳐 겨우 귀국해 바로 자가 격리에 들어가는 상황을 지켜보기도 했습니다. 간신히 서울에 도착한 그가 그러더군요. 여기가 싫어서 떠났는데 여기로 무사히 돌아올 수 있기를 간절히 바라는 날들을 보내고 나니…… 이제 자신이 누구인지를 모르게 되었다고요. 저라고 다르지 않았습니다. 선생님께 답장을 쓰지 못한 지난 팔년은 이 나라의 언어가 아닌 다른 나라의 언어를 단 하나도 자유롭게 구사할 수 없는 저 자신을 탓했던 세월이기도 했으니까요. 그럴 수만 있다면 여기를 떠나 살고 싶었습니다. 다르게 살고 싶은 다른 삶을 꿈꾸어서가 아니라 아는 얼굴이 한 사람도 없는 곳에 가면 저 자신을 먼지처럼 방치해도 될 것 같아서입니다. 그런데 엉뚱하게도 바이러스가 저에게 이 나라 사람으로 이 나라 안에 머무는 것을 안심하게 하는 상황을 만들었습니다. 바이러스는 사회적 거리 두기라는 말을 어린아이도 쓰게 만들었으며 마스크를 사기 위해 약국 앞에 긴 줄을 서게 하기도 했습니다. 엘리베이터에 같이 탄 사람 중 누군가 마스크를 쓰고 있지 않으면 눈을 흘기게 되고 누군가 이름을 부르면서 친밀감을 표시하며 다가오면 나도 모르게 뒷걸음질 치게 되는 그런 날들이 이어지고 있습니다. 코로나바이러스는 지금까지 우리가 지켜온 인간생활의 친밀감마저 파괴할 작정 같아요.

엊그제 신문에는 이탈리아 어느 마을에서 코로나에 감염된 할머니 한분이 병원에 바로 입원하지 못해 자동차 안에서 차례를 기다리던 중 숨이 가빠지자 손자가 절박한 표정으로 할머니를 끌어안고 차 안에서 인공호흡을 하는 사진이 실려 있었습니다. 청년인 손자의 표정을 혹시 선생님도 보았을까요? 사랑하는 할머니의 죽음을 앞에 놓고 아무것도 할 수 없는 사람의 그 슬픔과 절망에 가득 찬 얼굴. 코로나에 감염된 할머니를 끌어안고 인공호흡을 하면 자신이 어떻게 되는지 청년은 알고 있었을까요? 아니, 그런 것을 생각지도 못할 만큼 오로지 할머니, 나의 할머니가 살아만 준다면…… 싶은 그 표정을 봐버린 저는 종일 마음이 산란했습니다. 자신의 안위를 생각지도 않고 청년이 인공호흡을 했던 할머니는 끝내 세상을 떠났다고 합니다. 청년이 어찌되었는지는 나와 있지 않더군요. 저는 신문을 덮고 노트북을 켠 다음 검색창에 이탈리아, 할머니, 손자, 인공호흡이라고 썼습니다. 몇개의 기사를 더 읽어봤으나 손자가 어찌되었는지는 찾을 수 없었습니다. 이상하게 안도가 되었습니다.

어찌되었는지 알 수 없다는 것……에 안도를 하다니 우습지요?

이상한 일은 뒤이어 발생했습니다. 결말이 생존이라든가 죽음이라든가로 선명하게 연결되지 않고 어찌되었는지 알 수 없게 되는 순간 제가 선생님을 부르고 있었습니다. 다른 때는 선생님을 부른 다음 모든 것이 끝난 것같이 그 자리에 얼어붙곤 하던 마음이 선생님께 답장을 써야겠다는 쪽으로 일렁거렸습니다. 그것도 빨리 써야겠다는 쪽으로요. 모든 인간관계의 친밀성을 배척해야만 감염을 막을 수 있는 바이러스 앞에서 역설적이게도 선생님께 여태 미뤄둔 답장을 쓰고 싶어 마음이 급해지는 저를 대면하는 일은 참 낯설었습니다.

제주공항에 도착하자마자 제가 가장 먼저 받은 문자메시지는 사흘 전 제주를 다녀간 확진자의 동선이었습니다. 확진자 A씨가 사흘 전 오후 2시 50분쯤 어떤 비행기를 타고 입도했는지, 어떤 버스를 타고 이동했는지, 어느 마켓과 식당을 이용했는지 상세하게 쓰여 있었습니다. A씨에게 정확한 체류 동선에 대한 진술을 확보하는 데 총력을 기울이고 있으며 정확한 동선이 파악되는 대로 관련 정보를 추가 공개할 예정이라고요. 확진자는 제 숙소 근처에 있는 커피 박물관과 광치기 해변에 들렀더군요. 이 괴물 같은 코로나19가 물러설 기미가 보이지 않자, 아니 물러서기는커녕 계속 변종이 되어 새롭게 번식하는 것을 보면서 저는 가방을 꾸렸습니다. 제가 작업실로 사용했던 제주의 숙소로 돌아가 선생님께 답장을 쓰고 싶어서요. 저는 제주행 비행기표를 예매하고 숙소의 주인인 유정씨에게 전화를 걸었지요. 오랜만에 전화를 걸었는데도 유정씨는 마치 어제도 제 전화를 받은 사람처럼 응수하더군요. 제가 혼자 사용하던 그 공간은 비어 있다고 했습니다.

선생님의 메일을 받았던 팔년 전의 저는 그곳을 연세로 빌려 지내고 있었어요.

선생님과 뉴욕에서 작별을 하고 베를린에 갔던 게 아니라 곧장 프랑크푸르트를 거쳐서 독일의 친구 집으로 갔었어요. 그곳에서 바젤과 베니스와 연결되는 비엔날레가 열리고 있어서 집으로 가는 길을 일부러 돌아간 것이었지요. 친구와 자전거를 빌려서 뮌스터 도시 전체에서 열리는 전시들을 보러 다녔던 그때…… 그러고 보니 선생님. 그 전시를 함께 보았던 것이 그 친구와의 마지막 작별의 시간이기도 했군요. 그런 시간이란 것을 짐작도 못하고 우리는 참 건강하고 밝고 투명하게 소녀들처럼 이 거리 저 거리에 웃음소리를 남기며 자전거 페달을 힘차게 밟았었군요. 그랬었군요.

일년을 빌려서 그중 반년도 못 채우고 허둥지둥 제주의 숙소를 떠나온 후에 한번도 연락을 한 적이 없는데 어제도 그제도 만나온 사람처럼 전화를 받은 유정씨는 그때 그렇게 떠났으니 언제든 와서 반년을 더 지내다 가세요,라고까지 했습니다. 코로나19의 여파로 계속 문을 닫아놓아서 눅눅할 테지만 제가 온다면 청소를 하고 환기를 해놓겠다구요. 유정씨는 그 테이블도 필요하냐고 물었습니다.

그 테이블.

유정씨가 그 테이블이라고 발음했을 때 까맣게 잊고 있던, 상판이 어디 하나 성한 데 없이 긁혀 있던 테이블 하나가 마치 파도에 밀려오듯이 눈앞에 떠올랐습니다. 그

174

테이블을 유정씨가 아직까지 소유하고 있는 모양이었습니다.

그때요, 선생님 곁을 떠나 친구 곁을 떠나 서울로 돌아오자마자 또 집을 떠나는 준비를 하느라 미처 선생님께 연락을 드리지 못했습니다. 거처가 정해지고 나면 답장을 드려야지, 그랬었네요. 일년 만에 집에 오자마자 또 떠나려는 나에게 딸은 진지하게 제가 혼자 있고 싶어 또 떠나는 것이라면 자신이 제주지사로 발령을 내달라고 회사에 요청해 내려가는 것도 가능한 일,이라고 했었지요. 혼자 있고 싶어서 그러는 게 아니라 제주에 가서 그리고 싶은 그림이 있다고 딸과 함께 얼굴을 맞대고 얘기를 나누었던 그런 밤이 있었습니다. 내 이야기를 골똘한 표정으로 들어주던 딸의 눈빛과 자꾸만 쓸어 넘기던 검은 머리카락, 목덜미에서 느껴지던 따뜻한 체온. 선생님이 계시는 도시 뉴욕에서 지낼 때 저는 매일 그곳 지하철의 풍경을 스케치하러 다닌 얘기를 딸에게 해줬습니다. 백년의 역사를 품은 그 어두컴컴한 세계를 오가는 사람들과 쥐와 악사와 이방인들을요. 뉴욕에서 머물렀던 일년만큼 제주에 머물면서 제주의 숲과 오름과 바다를 그린 뒤 전시 기회가 오면 뉴욕과 제주의 풍경을 한 공간에서 전시하고 싶다는 제 이야기를 딸은 귀 기울이고 들어주었지요.

　제주의 돌담집을 개조한 그 집은 입구에서는 눈치도
못 챌 만큼 제법 넓은 마당이 있었습니다. 마당을 환히 내
다볼 수 있게 거실 문이 나 있고 그 문을 밀면 바로 신발
을 신고 마당으로 나갈 수 있는 구조였습니다. 그 집에 들
어서자마자 마당이 있네, 감탄하며 짐을 풀자마자 바로
마당으로 나섰던 기억. 마당 경계선에는 낮은 돌담이 쌓
여 있고 그 너머로 이웃집의 낮은 지붕이 그대로 보였습
니다. 돌담 바깥으로 아름드리 후박나무 세그루가 낮 바
람에 잎사귀를 찰랑거리던 기억. 그때 유정씨는 제가 방
안에 있는 테이블이 너무 작다고 하자 그 집의 허드레 살
림들을 넣어두는 창고에 있던 테이블을 그 거실에 옮겨다
주었어요. 누구라도 그 테이블을 처음 보게 되면 망연히
그 앞에 서 있게 되는 그런 테이블이었어요. 같은 나뭇결
이 없고 귀퉁이나 다리에 긁히고 팬 작은 구멍들이 무수
했습니다. 그럼에도 테이블 상판의 자국들은 정교하게 손
질이 되어 있어서 매끄러웠어요. 못을 빼낸 자국을 참 정
성스럽게도 메꿔놓은 상판을 물끄러미 바라보고 있으면
저절로 손바닥으로 쓸어보게 되었던 그 테이블. 어떻게

이런 테이블이 창고에 있느냐고 묻자 유정씨는 전에 자신이 사용했던 작업대였다고만 했을 뿐 거기서 무슨 작업을 했는지에 대해서는 말해주지 않고 그저 웃기만 했습니다. 그 테이블은 거실에 놓이면서 제 스케치 테이블이 되었지요. 유정씨가 이야기를 꺼내기 전까지 잊고 있었는데도 그 테이블이 거기 있다면 그곳에서 떠나오기 전의 제 모습으로 돌아갈 수 있을 것 같았을까요? 그래서 유정씨가 그 테이블도 필요하냐고 물었을 때 생각해볼 것도 없이 제가 얼른 예,라고 대답했을까요? 저는 곧 허탈해졌습니다. 그 테이블이 아직 거기 있다고 해서 무엇이 달라지겠는지요. 팔년 전의 그때로, 딸이 아침마다 부스스한 모습으로 잠에서 깨어 눈을 비비며 하품을 하고 좀더 자고 싶은 잠기운을 밀어내며 일어나 욕실 문을 열고 들어가 따뜻한 물을 틀고 그 물에 검은 머리카락을 적셔 감고 장미향이 나는 보디워시를 덜어내 샤워를 하던 그런 시간으로 돌아갈 수 있다면…… 생각만으로도 가슴이 뜁니다. 쪼그라들어 있던 오장에 바람이 들어오는 것 같습니다. 빠져 달아난 속눈썹이 제자리에 붙어 길어지고 어깨에 들러붙은 석회질이 저절로 떨어져나가는 것 같습니다. 갈라진 입술에는 붉은 기가, 주름지고 접힌 귓불은 펴지며 분홍

색이 되는 느낌입니다. 그럴 수 있다면 무엇이라도 하지요. 누가 제 가슴을 망치로 두들겨 부서뜨리고 손을 집어넣어 심장을 집어간다고 해도 그대로 두겠습니다.

허둥지둥 떠난 후 한번도 오지 않았던 이곳에 다시 올 마음이, 하필 세계의 도시가 바이러스에 봉쇄되고 어딘가로 이동하기 꺼려지는 때에 생기다니요.

이 집에 도착한 지 닷새가 지났습니다. 이곳은 예전과 똑같은 풍경입니다. 유정씨가 작업대로 썼다는 테이블에 얼룩져 있는 자국들도 그대로입니다. 아직 유정씨 얼굴도 보지 못했습니다. 현관에 둔 캐리어를 안으로 들여다놓지도 않았습니다. 삼십대의 어느 때인가, 긴 여행을 다녀온 뒤에 이상한 무력감에 빠져 여행 내내 끌고 다닌 캐리어를 그대로 세워둔 채 차가운 침대로 파고들어가 며칠이고 잠만 잤던 때로 돌아간 느낌입니다.

선생님.

지금 저는 캐리어를 현관에서 들여와 지퍼를 열고 안에 들어 있는 잠옷이나 스케치북과 책 몇권을 꺼내서 탁자 위에 올려놓는 그 간단한 일조차도 못하고 있습니다.

이런 상황을 어떻게 설명해야 할지요. 가끔 이런 상태를 맞닥뜨리곤 합니다. 머릿속이 하얘지고 아무 생각도 나지 않고 몸이 바닥으로 하염없이 가라앉는 상태. 선생님께 답장을 써야겠다고 이곳으로 오는 비행기 티켓을 구하는 일은 어떻게 할 수 있었는지 모르겠습니다. 겨우 닷새 전의 일이 아득한 옛날 일 같습니다. 이 집에 도착한 이후 현관문 바깥으로 나가지도 않았습니다. 마당도 내다보고만 있을 뿐 유리문을 열고 나갈 마음이 일지 않습니다. 문밖을 나가는 일이 지금의 내겐 대단한 모험이나 되는 것처럼 엄두가 나질 않는군요.

닷새 전 유정씨는 제가 이 집에 도착할 시간에 맞춰 문자메시지를 보냈더군요.

— 비대면 시절이라서 우선 문자를 남깁니다. 현관 도어록 비밀번호를 ××××로 해놓았습니다. 핸드폰 뒷자리 숫자입니다.

그리고 아래에 번호를 붙여 주의사항을 적어놨더군요. 주의사항이라기보다는 제가 이 집에서 잘 지낼 수 있도록 이 집에 대한 정보들을 메모해뒀다고 해야 맞겠네요.

1. 탁자는 팔년 전의 그 자리에 배치해두었습니다.

2. 이 집에 대한 소소한 사항들은 식탁 위에 둔 노트에 쓰여 있습니다.(와이파이와 패스워드를 포함하여……)

3. 우선 식사가 될 만한 것들은 냉장고와 식탁 앞쪽 서랍에 얼마간 준비해두었습니다. 귤이 많아서 한 박스 두었으니 축내주세요.

4. 식수는 당장 마실 것은 냉장고에 두었습니다.

5. 방에 있는 옷장에 침대 시트를 여유 있게 준비해뒀으니 교체한 후엔 그냥 접어서 옷장에 넣어두셔요. 나중에 모아서 세탁할 테니까요.

6. 문제가 발생하면 먼저 문자를 주세요.

긴 문자에는 추신도 있었습니다.

추신: 찾고 싶은 게 있으면 마당으로 나가서 빨랫줄을 연결해놓은 창고 문을 열어보셔요.

내가 찾고 싶은 것? 유정씨가 무슨 뜻으로 써놓은 추신인지 이해가 되지 않아서 멀거니 선 채 추신만 한번 더 읽었습니다. 팔년 전엔 길가 쪽으로 난 작은 현관문을 직접 열쇠로 열고 안으로 들어왔는데 여기도 비대면 시절을 보내느라 현관문을 번호열쇠로 바꿨더군요. 유정씨가 이렇게 철저하게 비대면을 실천할 줄은 예측을 못해서 문자를 받고 약간 당황했던 건 사실입니다. 김포공항에서 제주로 향하는 비행기 탑승수속을 밟을 때 2미터 간격을 두고 대기하게 해서 감염병 시대라는 것을 다시 확인했는데 막상 비행기에 오르고 보니 빈자리 하나 없이 탑승객이 가득했습니다. 사회적 거리 두기가 사람과 사람 사이에 2미터의 거리를 유지하는 것이기도 하다면 비행기 안에서는 그러고 싶어도 그 거리를 유지할 수가 없었습니다. 제주공항에 착륙해 탑승객이 내릴 때나 버스를 타고 이동할 때는 서로 다닥다닥 붙어 있기도 했답니다. 어느새 듣기에 익숙해진, 사회적 거리를 유지하라는 안내방송조차 들리지 않았어요. 처음엔 이게 뭐지? 싶어 불안하더니 너나 할 것 없이 모두 그 거리를 지키지 않으니 마음속에서 일렁이던 이게 뭐지? 싶던 질문도 슬그머니 사라지더군요. 사회적 거리가 그리 무시되는 경우가 있는데 유정씨는 철저하게 지키고 있었습니다. 사회적 거리가 무너진 탑승객들 속의 한 사람으로 섞여 있을 때 슬그머니 사라진 것 같던 불안은 체념이기도 했겠지요. 나 혼자 지킨들…… 싶은 마음이 유발한 불안에 대한 체념이 유정씨가 비대면 시절이라며 보내온 문자를 읽는 동안에 다시 되살아났습니다.

현관문을 열기 전 마당에서 아랫집을 건너다봤습니다. 정확히는 아랫집 후박나무 아래를 봤다고 해야겠지요. 제가 여기에 머물렀을 때 후박나무 아래 항상 빈 소주병이 길게 늘어서 있었던 기억이 나서입니다. 낮은 돌담 위에 아랫집 아주머니가 올려놓은 소라나 전복 껍데기들은 그대로인데 후박나무 아래의 소주병들은 보이지 않더군요. 때로 기억은 이렇게 잊고 있던 장면들을 불러들입니다. 여기에 머물 때 저는 거의 매일 아랫집 남자가 후박나무 아래에 앉아 소주를 마시는 모습을 봤습니다. 그는 술을 잔에 따르지도 않고 병에 입을 대고 마시곤 했어요. 술병을 바닥에 내려놓는 법도 없이 계속 손에 들고 있었습니다. 어느 때는 새벽부터 마실 때도 있었어요. 새벽부터, 라고 한 것은 제 판단이고 어쩌면 그는 밤에 시작한 술을 새벽까지 마시고 있었는지도 모를 일이죠. 그가 술 마시는 시간은 일정하지 않았지만 마시는 도중이나 마신 후에 부르는 노래의 리듬은 한결같았습니다. 제가 알아들을 수 없는 제주말로 이어지던, 해석이 불가능하던 그 노랫말. 저는 이방인으로 거기 머무는 사람이라 가까이 있는 그를 대체로 두려워했으나 그가 노래를 흥얼거릴 때는 그 뜻을 알아들어보려고 귀를 기울이곤 했습니다. 알아들을 수 없어 암호 같던 그 노래는 묘하게 마음을 일렁이게 하는 구석이 있었거든요. 뭐라고 해야 할까…… 밤바다 앞을 걸을 때요. 어두워서 저편의 바다는 보이지 않는데 귓가에 파도가 밀려왔다가 밀려가는 소리가 들릴 때 같다고 할까요. 눈에 보이지는 않으니 바닷물이 바로 발치에 와 있는데도 모른 채 걷고 있는 느낌이랄까요. 술에 취한 그가 알아들을 수 없는 방언으로 된 노래를 흥얼거리면 가까이 가고 싶진 않은데 조심스럽게 귀 기울여 듣게 되곤 했습니다. 그 뜻을 이해할 수 없는데도 술에 취한 목소리인데도 그 목소리가 어느 대목을 굽이져 돌아갈 때 제게 전달되던 고통 때문에요. 고통 때문이라고 표현해버리고 나니 허탈해집니다. 그가 노래를 시작하면 침울하게 바닥으로 스며드는 것 같던 그 굽이짐이 발생하는 대목을 내가 기다리고 있었다는 걸 깨달았을 때와 비슷한 허탈감입니다. 테이블 앞에 앉다가 마당을 서성이다가 무선주전자에 물을 채우다가 그의 노랫소리가 들리면 움직임을 멈추고 귀를 기울였습니다. 그 굽이지는 대목이 지나가고 나서야 저는 제 할 일을 이어 하곤 했지요. 그는 술을 끊은 것일까요? 그때와는 달리 술병은 한병도 보이지 않고 낮은 돌담 위에 전복이나 소라 껍데기들만이 소리 없이 놓여 있었어요.

  유정씨의 말대로 제 휴대전화 뒷자리가 이 집 현관문을 여는 비밀번호였습니다. 안으로 캐리어를 들여놓다가 손잡이를 잡은 채 한참을 그 자리에 서 있었어요. 마당으로 나가게 되어 있는 미닫이 유리문 앞에 놓인 테이블 때문이었을까요? 아니면 입구에 들어서자마자 눈에 띄는 긴 아일랜드 식탁 때문이었을까요. 집 안 풍경이 제가 이곳을 허둥지둥 떠나던 때 같아서 기시감이 들었습니다. 테이블은 여전히 여러 종류의 나뭇결이 묻어나 옅고 어둡고 얼룩덜룩했으나 시간이 더 흘러 깊은 맛이 났습니다. 변함없는 테이블 때문인지 이 집을 떠난 지 팔년이 흘렀는데 산보 나갔다가 온 느낌이었어요. 오늘따라 좀 먼 길을 돌아온 것 같은 그런…… 유정씨는 테이블이 놓인 위치를 정확히 기억하고 있었나봅니다. 그 테이블에서 내다보이는 마당 가운데에 검은 흙으로 그림을 그리듯 만들어놓은 제주도 형상의 정원도 그대로였습니다. 그 형상으로 인해 이 집은 마당 안에 또 하나의 제주를 품고 있는 셈이었어요. 방치된 이 집을 구해 마당을 어떻게 해야 하나, 고

민하다가 마당 가운데에 흙으로 제주도 형상을 만들어보기로 한 것은 유정씨 생각이었다고 했어요. 제가 여기 머물 때 찾아와 이틀을 지내다 간 딸은 자주자주 마당으로 나가 갓길을 가만가만 보며 여기쯤이 표선, 여기쯤이 성산, 여기쯤이 만장굴, 여기쯤이 비자림…… 했었지요. 유정씨가 오목하게 파인 가운데가 한라산의 백록담이라고 일러주기도 했던 기억. 백록담 아래로 작은 나무도 심고 꽃도 심고 하던 유정씨.

모든 것이 그대로인 마당을 내다보다가 빈 테이블을 손바닥으로 쓸어보는데 갑자기 쩡 소리가 났습니다.

고개를 들어보니 새 한마리가 날아와 유리창에 부딪혔는지 바닥으로 떨어졌어요. 기시감이 들었습니다. 저는 놀라지도 않고 유리문을 밀고 바깥으로 나갔습니다. 새는 바닥에서 푸드덕거리고 있었어요. 그때도 그랬지요. 어느 날 아침에 마당을 향해 놓인 테이블에 앉아 있는데 새 한마리가 유리창을 향해 직진하더니 쩡 소리가 나도록 머리를 부딪히고는 바닥에 나동그라졌던 기억. 저는 바닥에 떨어져 푸드덕거리는 새를 물끄러미 내려다봤습니다. 속으로 하나, 둘, 셋……을 세기 시작했습니다. 스물을 다 세기 전에 새는 몸을 추스르고 날아갈 거라고 예측하면서요. 그때도 그랬거든요. 그때는 순식간에 나타난 새가 유리창에 부딪힌 후 바닥에 떨어지는 걸 처음 봐서 상황 판단이 잘 되질 않아 날개를 접고 나동그라진 새를 난감한 마음으로 바라만 보았으나 이번엔 놀라는 마음도 없이 곧 정신을 차리고 날아갈 거야, 생각했습니다. 내가 스물을 세기 전에 새는 정신을 차리고 날아갈 거야,라고 열다섯, 열여섯, 열일곱…… 새는 제가 열여덟을 세기 전에 숨죽이던 자세에서 깃을 세우더군요. 균형을 잡아보는 것 같더니 한발짝 내디뎌보고는 다시 자지러들었어요. 한동안 움직임이 없더니 다시 푸드덕거렸어요. 날아보려다가 자지러드는 일을 반복하다가 기운을 차린 새가 조금 허공을 향해 날아오를 때 제 가슴이 뜨거워졌습니다. 딸을 혼자 두지만 않았어도…… 다시 낮아지다가 허공으로 날아오르다가 자지러들기를 반복하는 새를 지켜보는 제 눈이 튀어나와 바닥에 구르는 듯했어요. 딸을 혼자 두지 않았으면, 딸을 살릴 수 있는 골든타임을 놓치지 않았을지도 모릅니다. 새는 유리창에 몸통을 부딪힌 자국을 남기긴 했으나 곤두박질칠 때 찢어진 부상당한 날개로 바닥을 차고 올라서 허공을 오르락내리락하다가 굴러다니는 제 눈 속에서 멀어졌어요.

선생님.
새가 제 눈앞에서 사라진 일이 닷새 전의 일이 되었습니다.

새가 다시 깃을 세우고 날아가자 몸에서 힘이 쭉 빠져서 저도 모르게 막 들어온 이 집 거실 바닥에 주저앉은 후로 닷새가 흐르다니. 서울에서 이곳으로 올 때는 빨리 도착해 선생님께 메일을 쓰자는 것이었는데, 그 마음과는 달리 저는 이 집에 도착하자마자 아무것도 할 수 없는 상태가 되었습니다. 새 한마리가 유리창에 머리를 부딪힌 게 아니라 저의 뇌를 쪼고 사라진 것처럼 저는 몸을 가눌 수 없이 흐물흐물해졌습니다. 신발도 며칠 전에 벗어놓은 상태로 한짝은 캐리어 옆에 한짝은 거실로 들어오는 입구에 흩어져 있군요. 유정씨가 잘 도착했는지요?라고 물어오는 문자에 겨우 네,라고 답하고는 휴대전화를 빈 테이블에 올려두었습니다. 침대가 놓인 안방에 들어가지도 못하고 마당을 내다볼 수 있게 놓인 테이블 옆 소파에 거의 매시간 드러누운 채로 지냈습니다. 허리가 실리콘으로 이루어진 사람처럼, 일어나려고 하면 늘어지고 휘어지는 느낌이라 겨우 화장실에 다녀와서 다시 드러눕고 갈증이 나서 생수병을 가지러 갔다가 다시 드러눕고…… 그렇게 드러누운 채 빈 테이블과 그 너머에 있는 유리창 바깥의 마당을 내다봤습니다. 낮이 지나고 밤이 와도 불을 켜지 않았습니다. 그 간단한 일조차 하기가 힘겨웠습니다. 어둠 속에서 자다가 깨기를 반복하며 줄곧 그렇게 누워 있었다고 생각했으나 또 그러기만 한 것도 아니더군요. 날이 밝아와서 주위를 살펴보면 길게 놓인 아일랜드 식탁이 라면을 끓여 먹은 흔적으로 어지러웠습니다. 뜯긴 라면봉지, 바닥에 떨어진 생라면 부스러기, 냄비 바닥에 눌어붙은 국물…… 유정씨가 냉장고에 넣어둔 우유 한통을 다 마시고 구겨놓은 우유갑과 한꺼번에 네개를 먹었는지 층층으로 쌓아놓은 빈 요거트통이 옆으로 쓰러져 있기도 했습니다. 사과를 깎아 먹고 남긴 껍질이, 메밀국수를 삶다가 포기했는지 냄비에 가득 국숫발이 불어터져 있기도 했습니다. 기억이 나지 않는데 제가 자다가 깨다가 하는 어느 틈에 무엇인가를 끊임없이 먹어댄 흔적들. 그 와중에 혹여라도 여기에 CCTV가 달려 있을까봐 저도 모르게 휘 둘러보곤 했습니다. 불도 켜지 않고 길게 놓인 아일랜드 식탁 건너로 비척비척 걸어가서 냉장고를 열고 가스레인지에 불을 켜고 라면봉지를 뜯고 있는 제 모습이 영상으로 찍혀 있을 것만 같아서요. 오늘 새벽 정신을 차렸을 때 유정씨가 어젯밤에, 일찍 자나봅니다 지나가다가 보니 집에 불이 켜 있지 않네요?라는 문자를 보낸 걸 확인하고 겨우 힘을 내서는 네 일찍 잠들었어요,라고 두번째 답을 쓴 게 지난 닷새 동안 제가 한 일의 전부입니다.

　　—오늘 시간이 괜찮으면 고사리 뜯으러 저랑 함께 아끈다랑쉬오름에 갈래요? 요즘 고사리가 한창입니다.

　　내 문자를 받고 유정씨가 바로 답을 보내왔습니다. 이른 새벽인데 유정씨도 깨어 있었나봅니다. 저는 나중에 가자고 답을 보냈습니다. 그 짧은 답을 하는데도 온 힘이 다 들어가는 느낌이었습니다. 닷새째 꼼짝없이 쓰러져 있었던 꼴을 보여주고 싶지 않았습니다. 게다가 밤이면 일어나서 아무거나 손에 닿는 대로 먹어대 거울을 볼 것도 없이 얼굴이 퉁퉁 부어 있을 게 뻔했습니다. 눈꺼풀조차 무거웠으니까요.

　　—사실은 고사리보다 작가님이 걱정되어서요. 통 바깥에 나오질 않으니…… 어제는 문을 열고 들어가볼까?

하는 생각도 했답니다. 제가 괜한 걱정을 하는 거지요?

　유정씨가 다시 보낸 문자를 읽으며 소파에 드러누웠습니다. 이렇게 아무것도 할 수 없다니…… 사실은 유정씨에게 문을 열고 들어와서 마당으로 나갈 수 있는 저 유리문 좀 열어주겠어요,라고 말하고 싶은 걸 눌러 참았습니다. 유리문을 밀고 나갈 기력도 없으면서 어떻게 라면을 끓여 먹고 귤을 까먹고 메밀국수를 찾아내고 요거트를 몇개씩이나 꺼내 먹고 그랬을까요? 어젯밤은 저 중의 메밀국수만 빼고 세가지를 한꺼번에 먹어치운 것 같더군요. 쌓여 있거나 나뒹구는 귤껍질을 보면 스무개는 먹은 것 같습니다. 소파에 누워 있다가 몸을 뒤집었습니다. 일.어.나.야.한.다,고 저에게 속삭였습니다. 일.어.나.야.한.다,고요. 선생님은 삼년 계획으로 남편을 따라 뉴욕으로 갔다가 다시 돌아오는 데 십칠년이 걸렸다고 했었지요. 십칠년 만에 고국을 방문해서 잠을 이루지 못하다가 겨우 든 잠에서 깨면 괜.찮.다. 괜.찮.다……를 연신 중얼거리셨다고 했는데 지금 제가 그러고 있습니다. 일.어.나.야.한.다. 일.어.나.야.한.다……고요. 말이란 묘한 힘이 있어서 계속 그 말을 주문처럼 되뇌면 그 말 비슷하게 된다고 했던 사람이 선생님이셨던가요? 호텔방에 누

190

워 있다가 조금 기운이 생기면 일어나서 창가 쪽으로 걸어가 휘황한 서울의 불빛을 내려다보며 선생님이 중얼거렸다는 괜.찮.다. 괜.찮.다……라는 말. 의지할 건 그 말뿐이라 끊임없이 중얼거리셨다는 괜.찮.다라는, 말. 그때 피식 웃으며 괜찮다고 중얼거려서 정말 괜찮아지면 이 세상에 문제될 게 뭐가 있겠어요,라고 토를 다는 저를 선생님은 물끄러미 보더니 괜.찮.다라는 말을 하게 되기까지 다른 말들을 수없이 되뇌었지, 하셨지요. 수년이 지난 후에야 선생님이 괜.찮.다라는 말에 이르기 전에 마주했을 말들과 저 스스로 마주쳤습니다. 제가 일.어.나.야.한.다,라는 말에 이를 때까지 마음에 가득 차 있던, 발을 딛고 있는 그 자리에서 그대로 사라지고 싶은 충동들을요. 소파에 코를 묻고 엎드린 채 일.어.나.야.한.다,를 수없이 반복하는데 유정씨가 작가님 이거 좀 보세요, 하고는 사진들을 보내왔습니다. 사진은 칠레 산티아고에서 퓨마 한마리가 사람이 없는 보도를 유유자적하게 걸어가고 있는 모습이었습니다. 코로나19로 인해 사람들이 집으로 숨어들자 텅텅 빈 대도시들의 풍경이 뉴스 화면에 등장한 것은 봤는데 그 텅 빈 거리에 퓨마가 걸어다니는 모습은 처음 보는 것이었어요. 유정씨는 사진과 함께, 산티아고는 통행

금지 시간이 밤 열시부터 다음 날 오전 다섯시까지랍니다, 인적이 끊긴 거리에 저렇게 퓨마가 나타났답니다,라고 문자를 보내왔습니다. 유정씨는 퓨마 사진을 시작으로 콜롬비아 주택가에 출몰한 여우 사진을, 스페인 북부 어딘가의 밤거리에서 곰이 어슬렁거리는 사진을 연속해서 보내왔습니다. 일본이 배경인 사진 속에서는 사슴이 지하철역을 어슬렁거리고 있더군요. 사진 속에서 입출항이 금지된 항구에 돌고래가 출현하고, 해변에는 너구리가 활보하고 있었습니다. 사람들이 집으로 들어가 이동을 못하게 되자 베니스의 물도 맑아졌는데 그 물에서 백조가 놀고 있었습니다. 프랑스의 어느 식물원에 말 사육장이 있는데 식물원을 빠져나온 말 세마리가 파리 거리를 걸어다니고 있었습니다. 그 말에 대한 유정씨의 문자가 저를 웃게도 했습니다.

　─글쎄요, 첫날은 말이 세마리만 나왔는데 다음 날은 다른 말들을 더 데리고 나와서 거리를 활보하다가 돌아갔다고 하네요.

　사육장에서 빠져나와 인간이 사라진 밤거리를 활보하는 말들.

　유정씨가 보내준 사진들을 반복해 보다가 소파에서 몸

192

을 일으켰습니다. 사람들이 이렇게 많이 모일 수도 있구나, 생각하게 했던 뉴욕의 타임스스퀘어가, 파리의 노트르담대성당이, 베니스의 산마르코 광장이 사람이 전혀 없이 텅 비어 있다고 하는군요.

바이러스로 인해 세계의 대도시가 텅 비고 그 빈 거리에 퓨마와 여우, 너구리와 돌고래가 출현한 사진들을 보다가 내내 몸을 가누지 못한 채로 허우적거리던 제가 스스로를 다그치듯이 소파에서 몸을 일으켜 세웠습니다. 캐리어를 안으로 들여다놓으면서 팽개쳐진 신발을 모아서 앞코를 현관문 쪽으로 돌려두었습니다. 잠자는 방으로 들어가 창문을 열면서 빗소리를 들었습니다. 비가 오고 있었는데도 몰랐다는 것을 그때야 알았습니다. 이곳의 날씨는 변화무쌍합니다. 같은 구름이 없고 같은 바람이 없습니다. 매번 깜짝깜짝 놀라게 하는 빗소리와 바람 소리가 이 섬에 가득이지요. 이방인이 종종 육지에서 이곳으로 터전을 옮겨오면 이곳 사람들은 삼년을 두고 본다고 합니다. 그가 삼년을 넘기면 그제야 여기서 살 모양이라고 생각하며 곁을 내준다 하더군요. 삼년 안에 다시 육지로 돌아가는 사람이 많은데 변덕스러운 이곳의 날씨가 첫번째 이유라고 합니다. 비와 바람. 여기서 지내보면 그 말이 무슨 뜻인지 실감하지요. 빗소리와 바람 소리로 인해 숱하게 잠을 깨게 되니까요. 어느 계절이나 갑자기 유리창이 흔들리고 지붕이 날아갈 것 같은 바람이 불지요. 그 바람이 밤새 이어지기도 합니다. 봄이 올 무렵엔 고사리 장마라고 불리는 비가 연일 내립니다. 그때면 습기가 옷자락과 머리카락에 착착 들러붙지요. 그 비를 맞으며 고사리들이 자라면 그걸 뜯으러 다니는 사람들이 여기저기 보이기도 하지요. 빗소리를 들으며 캐리어에 담아온 옷가지들을 옷걸이에 걸었습니다. 거울이 보이면 한사코 피하면서요. 퉁퉁 부어 있을 얼굴과 대면하면 다시 주저앉을까봐서요. 침대시트를 정리하고 욕실 바닥을 샤워기 물로 씻어내고 거울을 보지 않은 채 며칠 만에 세수를 하고 지난밤 기억도 못하는 사이에 어지럽혀놓은 식탁을 치우고 바닥을 닦았습니다.

이 집에 온 후 처음으로 가방에서 노트북을 꺼내 테이블에 올려두고 물끄러미 마당을 쳐다보고 있다가 테이블에 놓인 스케치북을 바라봤습니다. 집을 떠나올 때 제가 스케치북을 가방에 넣다니…… 스케치북을 열고 첫 페이지에 드로잉을 시도해봤습니다. 팔년 만이군요. 스케치북에 무언가를 그려보는 것이요. 제가 무엇을 그리려고 하는지 그리는 도중에도 석연찮았는데 마쳐놓고 보니 닷새 전이 집에 도착했을 때 유리창에 머리를 부딪히고는 바닥에 나둥그라져 있던 새의 모습이었습니다. 버둥거리다가 용케도 다시 몸을 일으켜 세우고 허공 속으로 사라진 새의 형상이 완성되지 못한 채 희끄무레하게 거기 있더군요.

새는 어디로 날아갔을까요?
이 집 마당과 이웃집 사이의 낮은 담 바깥에 서 있던 세 그루의 후박나무 위로 날아가서 쉬었을 텐데…… 지금 그 나무는 없습니다. 이 섬 어느 곳에서나 볼 수 있는 나무는 후박나무와 녹나무와 동백과 삼나무입니다. 특히 이 마을은 집집마다 후박나무나 녹나무 혹은 동백이 몇그루씩은 심겨 있습니다. 하긴 이 섬에는 일부러 찾아나서지 않아도 어디에나 후박나무 숲, 녹나무 숲, 동백 숲…… 그리고 삼나무 숲이 있지요. 제주공항에서 택시를 타고 이 마을로 들어오다보면 양쪽으로 높다랗게 삼나무들이 10킬로미터는 이어져 서 있는 길을 지나오게 되는데 그 길을 처음 마주쳤을 때 갑자기 옷매무새가 여며졌습니다. 울창한 삼나무들이 쭉 늘어선 모습이 나무 하나하나에 영혼이 깃든 것처럼 느껴질 만큼 장엄해서요. 누구나 그 길을 지나게 되면 하던 말을 멈추게 되고 차창 바깥을 바라보게 되지요. 이 섬은 바람이 한번 불기 시작하면 며칠이고 불어대지요. 키가 큰 삼나무는 그 바람을 막기 위한 방풍림으로 심기 시작했다고 합니다. 삼나무가 양편으로 펼쳐진 길에 들어서면 그 말이 무슨 말인지 실감하게 됩니다. 사방에서 몰려오는 바람을 삼나무가 막아주어 길이 아늑해지곤 했습니다.

제가 이 집에 머물렀을 때 마당과 이웃집 사이의 낮은 담 뒤로 보이던 아름드리 후박나무 세그루가 기억나는군요. 삼나무가 마을 바깥쪽 도로변에 있다면 후박나무는 대부분 마을 안쪽에서 사람들과 함께 살고 있습니다. 오래된 집일수록 그 집을 에워싸듯 아름드리 후박나무가 자라고 있지요. 이 집은 집 안이 아니라 낮은 담 바깥쪽으로 후박나무가 있었어요. 오래된 나무들의 잎새가 풍성해서 오후가 되면 앞뒤로 그늘이 늘어지며 그림자가 출렁이곤 했어요. 이웃집에서 봐도 담 밖의 땅에, 이 집에서 봐도 담 밖의 땅에 심겨 있던 후박나무. 양쪽 집 담 밖의 땅은 누구 소유인지 모르겠으나 어느 날 아침 그 후박나무 세그루의 허리께에 나무껍질이 벗겨져 있었어요. 처음엔 그 자국이 나무껍질을 벗겨내서 생긴 것이라고는 미처 생각하지 못했습니다. 누군가 나무에 무엇을 둘러놓은 줄 알았습니다. 나란히 서 있는 세그루 후박나무의 껍질들을 같은 위치에 참 정교하게도 벗겨놔서 무엇인데 저렇게 선까지 맞춰서 묶어놓았나 했습니다. 이상한 생각이 들어 슬리퍼를 끌고 다가가서 봤더니 나무둥치의 허리께라고 생각되는 곳 위아래를 60센티미터 정도쯤 벗겨놓은 것이었어요. 가까이 가니 생나무 냄새가 확 끼쳤습니다. 도대체 왜? 사실을 확인하고도 믿어지지 않아서 잘못 보았나 했습니다. 전날까지만 해도 멀쩡한 모습이었거든요. 잘못 본 게 아니었습니다. 세그루 모두 키가 비슷했는데 비슷한 위치에 비슷한 모양으로 껍질을 벗겨내서 멀리서 보면 원래 나무가 그런 모양인 것처럼 보일 정도였습니다.

누군가 나무 밑동 껍질을 벗겨놓은 이유를 나중에 유정씨를 통해 알게 되었습니다. 나무껍질에 혈관 같은 게 있다고 하더군요. 나무는 수분을 그 혈관으로 빨아올려서 나무 꼭대기까지 실어 나른다는군요. 그러니까 수분을 조달하지 못하게 나무둥치 허리께의 나무껍질을 벗겨놓은 것이라고 했습니다. 이 섬에서는 큰 나무를 부러뜨리기 위해 먼저 나무 밑동 껍질을 벗겨서 수분을 공급받지 못하게 하는 것이 첫번째 일이라고 했습니다. 수분이 빠진 나무가 가벼워지기를 기다렸다가 부러뜨리는 거라고…… 왜 저렇게 다 큰 나무를 부러뜨리려 하느냐고 물으니 땅 주인이 하는 일이라 이유를 알 수가 없다는 게 유정씨의 대답이었습니다. 땅 주인이 이웃집이냐고 물으니 그렇다더군요. 이웃집인데 왜 후박나무를 죽이려 하느냐고 물어보지도 못하느냐 물으니 유정씨네가 이 집을 구해서 고칠 때부터 이를 못마땅하게 여긴 이웃집에서 몇번이나 민원을 넣는 통에 작업이 중단되는 일이 수시로 벌어졌다고 했습니다. 처음엔 후박나무와 마당 사이에 낮은 담도 없었다고 합니다. 전에 살던 사람은 이웃집과 후박나무를 사이에 두고 수시로 왕래를 했던 모양이라고 했습니다. 유정씨가 이 섬으로 들어와 살기 위해 이 집을 구하고 오래된 집을 고치기 시작했을 때부터 이웃집 사람의 참견이 시작되었는데 처음엔 어쨌든 소통을 해보려고 노력했으나 어떻게 해도 마음을 얻을 수가 없었다고 했습니다. 노력할수록 더욱 관계가 나빠졌다구요. 이웃집과 마지막으로 나눈 말은 후박나무는 자신들의 조상이 심은 것이니 자기들 마당에 두게 그 뒤로 담을 쌓으라고 한 것이었다고 했습니다. 처음엔 농담인가 했는데 계속 담 쌓기를 강요했다더군요. 그래서 이 집을 고치는 마지막 작업이 세그루의 아름드리 후박나무를 바깥에 두고 담을 쌓는 일이었다고 합니다. 내가 심란한 얼굴로 유정씨를 바라보자 유정씨는 타지인이 이 섬으로 들어와 겪는 이런 일들은 특별한 일도 아니라고 했습니다. 여기 사람들은 외지에서 온 사람들에게 얼마간의 적대감이 있는데 살다보면 이해하게 된다고도 하더군요. 살다보면 이해되는 일이라니. 유정씨는 설명하기가 복잡한 듯 살다보면 이해가 되는 그런 일들이 있어요, 다시 한번 말할 뿐이었습니다. 내가 여기에서 지내는 동안에는 이웃집 사람과 한번도 마주치지 않았습니다. 이웃집에는 후박나무 쪽으로 창이 하나 있었는데 그 창이 열리는 일도 없었지요. 이웃집 사람이 아름드리 후박나무를 부러뜨리고 그 자리에 무엇을 하려는지 알고 싶었지만 만날 일이 없으니 알 도리도 없었습니다. 가끔 한밤중에 잠이 깨어 어둠 속에서 후박나무를 바라보게 될 때가 있었는데 그때마다 물조리개에 물을 받아 낮은 담을 넘어가 후박나무에 물을 쏟아붓던 기억이 납니다. 그 아름드리 후박나무에게서 수분이 빠지는 데는 일년쯤 걸린다고 했는데 제가 이 집에서 떠난 일년 후에 그 후박나무는 이웃집 사람에 의해서 부러졌을까요? 껍질이 벗겨진 채 수분이 빠져나가고 있는 줄을 모르는 새와 고양이가 어느 날인가는 후박나무를 사이에 두고 이 나무에서 저 나무로 옮겨다니며 놀고 있는 모습도 볼 수 있었어요. 새소리가 커서 나가보니 후박나무 꼭대기에 까치와 고양이가 나뭇가지를 사이에 두고 놀고 있었습니다. 저는 지금 놀고 있다고 표현하지만 실은 싸우고 있었는지도 모를 일이지요. 고양이를 피하는 것인지 놀려먹는 것인지 날아가지는 않고 자꾸만 더 높은 곳으로 자리를 옮기는 까치를 쫓아가는 고양이 사이로 퍼지던 햇살. 까치는 까치 소리를 내고 고양이는 고양이 소리를 내면서 후박나무 위에서 노는 장면을 담은 동영상이 제 휴대전화에 들어 있을 겁니다. 눈 속에 모래를 뿌려놓은 것 같은 나날을 보내는 중에도 이 집이 그리워지는 시간들이 있었고 그때면 후박나무 위에서 까치와 고양이가 놀던 동영상을 꺼내 보곤 했으니까요. 까치는 깍깍거리며 다른 나뭇가지로 올라가고 등과 발목이 흰 노란 털의 고양이는 야옹, 소리를 내며 가지와 가지 사이의 간격을 재보느라 발을 동동거리던 시간. 까치는 날개가 있으니 그렇다 쳐도 도무지 고양이가 그 높은 후박나뭇가지 위까지 어떻게 올라갔는지…… 후박나무 위 까치와 고양이의 장난질은 이 세상에서 벌어지는 일 같지가 않았지요.

제가 다시 그 동영상을 찾아보게 되는 날이 오면 그때는 선생님께도 보내드릴게요.

이웃집 사람은 그 아름드리 후박나무를 쓰러뜨리고 그 자리에서 무엇을 하려고 했던 것도 아닌 듯합니다. 한그루도 아닌 세그루의 아름드리 후박나무가 사라진 자리는 텅 비어 있을 뿐입니다. 나무가 없으니 이웃집이 더 환히 보일 뿐입니다. 거기에 후박나무가 있었다는 것을 몇몇이나 기억할는지요. 제가 팔년 전에 황망한 마음으로 가방을 꾸려 이 집을 떠날 때 마지막으로 일별한 것도 그 후박나무입니다. 안으로는 날마다 수분이 빠져나가고 있었겠지만 겉에서 보기엔 허리께에 나무껍질이 벗겨진 것 말고는 달라진 게 없어 보였습니다. 허둥지둥 짐을 꾸려 나가면서 후박나무 쪽을 응시하며 죽지 마, 중얼거렸던 기억이 납니다. 살아 있어야 다시 만날 수 있어, 했던 것도 같습니다. 어쩌면 후박나무에게가 아니라 저 자신에게 속삭인 말인지도 모르지요.

통통 부은 눈으로 후박나무가 사라진 자리를 바라보고 있는데 유정씨에게서 문자가 왔습니다.

— 답답하면 자전거를 탈 수 있습니다. 근처에 자전거를 빌려주는 곳이 생겼어요. 혹시 탈 마음이 있으면 함께 빌리러 가요.

유정씨의 문자 마지막에 통통한 흰 고양이가 고개를 꾸벅 숙여 인사하는 이모티콘이 달려 있었습니다. 유정씨는 제게 고사리를 뜯으러 가자고 하고, 이것 좀 보세요, 하면서 퓨마 사진을 보내더니 이제는 자전거를 타러 가자……고 하는군요. 비대면 시절이라고 제가 이 집에 도착했을 때는 얼굴을 보이지 않았던 유정씨가 저를 바깥으로 끌어내기 위해 노력하고 있는 걸 보면 제가 어지간히 신경 쓰이나봅니다. 유정씨가 이 섬으로 들어온 지가 적어도 팔년은 넘었을 테니 이제 이 섬 사람들은 유정씨를 이웃으로 받아들이고 있을까요? 이곳 사람들과 자연스럽게 섞이지 못하고 늘 홀로 있는 듯하던 유정씨. 저는 몸을 일으켜서 욕실로 갔습니다. 손을 씻다가 얼굴을 들어 이 집에 들어온 후 처음으로 거울을 들여다봤습니다. 부어서 눈꺼풀이 사라진 제 눈동자에 붉은 기가 퍼져 있었습니다. 세면대 위에 단정하게 엎어져 있는 물바가지에 물을 받아 얼굴을 담그고 눈을 몇번 껌벅거렸습니다. 눈이 아플 때마다 제가 하는 버릇입니다. 차가운 물이 눈동자에 닿는 느낌이 좋아 매일 잠에서 깨어나면 맨 먼저 세숫대야에 물을 가득 받은 후 얼굴을 물속에 담그고 눈을 껌뻑거리는 게 하루의 시작일 때도 있었지요. 그렇게 눈을 씻어내는 것으로 하루를 시작하면 눈이 맑아지는 것 같고 기분도 상쾌했어요. 그러다가 도시의 수돗물에서 유충이 떠다니는 걸 발견했다는 기사를 읽게 된 후부터 그만두었지요. 오래 해오던 습관이라 하루아침에 멈추게 되진 않았으나 딸이 그리된 후로 그 습관도 사라졌었어요. 그런데 방금 저는 문득 얼굴을 물속에 담그고 눈을 껌벅거렸군요.

저는 여기로 왜 돌아왔을까요?

선생님께 제가 이 집을 허둥지둥 떠나던 때를 얘기하고 싶어서 돌아왔을까요? 여기서라면 말씀드릴 수 있을 것 같아서요. 말조차 하지 못하던 때와 조금은 달라져 있기를 바랐는지도 모르겠습니다. 그런데 어떤 일들은 시간이 지날수록 더 말하기가 힘든 모양입니다. 유정씨가 내준 저 닳고 아귀가 맞지 않으나 오랜 세월을 견뎌낸 단단함이 묻어나는 이 테이블 앞에 앉으면 선생님께 메일을 쓸 수 있을 것 같았습니다. 금방이라도요. 그런데 도착하자마자 손 하나 까닥할 수 없는 무기력증에 빠져 캐리어를 들여놓지도 못하고 방으로 들어가지도 못한 채 소파에서 쓰러져 잠만 자고 나 자신도 의식하지 못하는 중에 눈에 보이는 대로 손에 닿는 대로 음식을 먹어치우는 폭식을 하고…… 그리고 오늘이군요. 비누칠이 세번이나 이어진 세수를 마치고 나서 저는 유정씨에게 자전거 빌리러 가자고 문자를 보냈습니다.

유정씨가 아랫집 돌담 위에 올려져 있는 전복껍데기를 바라보고 서 있다가 내가 문을 열고 나가자 손을 흔들었습니다. 짧은 커트머리와 큰 키만으로도 거기 서 있는 사람이 유정씨라는 것을 알아보았습니다. 몇년 만에 만나는데도 유정씨는 거의 그대로입니다. 약간 긴 얼굴에 단정하게 자리 잡은 인중 옆의 작은 점을 보니 미소가 지어졌어요. 유정씨가 말할 때마다 점도 따라 움직이곤 하지요. 움직이는 점이 귀여워서 유정씨가 얘기를 하면 저도 모르게 유정씨의 얼굴을 빤히 바라보며 웃곤 했거든요. 흰 셔츠에 걸친 회색빛 카디건도 팔년 전에 입던 옷이었어요, 긴 주름치마도요. 오랜만에 만나는데도 그 공백을 느낄 수 없이 유정씨의 모습이 그대로인 게 안심이 되었어요.

　　─그사이 동네가 많이 변했어요.

　분명히 내 퉁퉁 부은 얼굴과 붉은 눈을 살폈을 텐데도 유정씨는 그에 대한 말을 하지 않고 동네가 많이 변했다고 첫말을 꺼냈습니다.

　　─전에는 산보를 그렇게 자주 하더니……

　유정씨는 말끝을 흐렸습니다. 왜 이번엔 집 바깥으로 나와보지도 않느냐고 묻고 싶은 것을 눌러 참는 듯했습니다. 나는 아랫집 마당의 후박나무 밑을 가리키며 술병이 하나도 없네요? 했습니다. 몇년 만에 유정씨를 만나서 건넨 첫마디가 이 말일 줄은 저도 몰랐습니다. 매일 아침마다 후박나무 아래서 술을 마시던 아랫집 남자. 술잔에 따르지도 않고 병째로 마시던 아저씨의 안부를 묻는 것을 유정씨가 모를 리 없지요. 제가 바라보는 쪽으로 고개를 돌리며 유정씨는 돌아가셨어요, 이년 전에요, 했습니다. 결국 술을 마시다가 저 나무 아래에서요,라고요. 팔년의 세월이 그냥 흐른 것은 아니군요. 그는 늘 아침부터 술을 마셔서 대체 그의 하루는 어떤 것일까, 궁금했었지요. 술에 취하면 저로서는 알아들을 수 없는 이 섬 사람들의 언어로 이루어진 노래를 흥얼거리던 사람은 이제 이 세상에 없군요. 알아들을 수는 없었지만 가락이 처절하고 위험하게까지 느껴져서 저도 모르게 귀를 기울이게 하던 그 노랫소리도 이제 이 지상에서는 들을 수가 없겠군요.

유정씨와 나란히 서서 골목을 빠져나오는데 유정씨가 나중에야 알았는데요, 작은 목소리로 혼잣말하듯 말했습니다.

—그 삼촌 가족이 4·3 때 모두 학살당했다고 해요. 이 마을과 저 아래 종달리라고…… 우리 전에 지미봉에 오르느라고 함께 가본 마을, 그 마을 이름이 종달리인데, 이곳과 그 종달리 마을 사람들의 피해가 가장 컸다고…… 그때 저 집도 가족이 몰살당하고 그 삼촌 혼자 살아남았다는 얘기를 나중에 들었어요.

죽은 자의 과거를 이렇게 알게 되기도 하는군요. 나도 모르게 뒤를 돌아다보았습니다. 후박나무는 여전히 너그러워 보이는 잎새를 달고 바람에 흔들리고 낮은 돌담 위에 올려진 소라와 전복 껍데기가 희끄무레하게 눈에 들어왔습니다.

─유정씨가 이제 이곳 사람 다 되었네요. 삼촌이라는
말을 자연스럽게 쓰고.

　　─내가 그랬어요?

　　─네, 그랬어요.

　　─삼촌이란 말…… 참 좋지 않아요?

　　이 섬 사람들이 서로를 삼촌이라 부르는 습성은 어디
서 비롯되었을까요? 처음엔 참 이상했습니다. 육지 사람
들에게 삼촌이란 남성을 지칭하는데 이 섬에서는 여성에
게도 삼촌이라고 하거든요. 남녀노소를 두고 서로를 삼촌
이라 칭하는 이 섬 사람들. 어느덧 유정씨도 그 아저씨를
두고 삼촌이라고 하는군요.

　　─자전거 빌려주는 집이 이곳에 생길 줄은 몰랐는데요?

　　4·3 때 가족이 모두 학살당하고 혼자 살아남아 후박나
무 아래에서 아침부터 저녁까지 일생 술을 마시며 살다가
이태 전에 세상을 떠났다는 아저씨의 마지막 모습을 잠깐
생각해보려고 했으나 도무지 연결이 되지 않아 나는 유정
씨에게 애먼 자전거 빌려주는 집 얘기를 꺼냈습니다. 그
러면서 나도 모르게 이미 지나쳐온 그 집을 돌아다보았습
니다. 나의 눈 속에서 그 집 낮은 담장 위의 소라껍데기,
혹은 전복껍데기가 빛 속에서 반짝거려 눈을 감았다가 떴

습니다. 그저 살짝 감았다가 떴을 뿐인데도 통통 부은 눈 꺼풀의 무게가 느껴졌습니다. 그러고 나니 문득 아저씨가 저 후박나무 아래서 술에 취해 노래를 부르기 시작하면 무엇을 하고 있었든 그 일을 멈추고 귀를 바짝 세운 채 그 노랫말을 알아들으려고 애쓰던 나의 모습이 떠올랐습니다. 그러고는 알았습니다. 그 아저씨의 가족이 4·3 때 모두 학살당했다고 해요,라는 말을 듣는 순간부터 그때는 끝내 알아들을 수 없던 그 노랫말이 저절로 해독되어 이미 내 마음 안으로 스며들어왔다는 것을요. 걸음을 뗄 때마다 그 아저씨의 노랫소리가 귀에 따라붙고 있었습니다. 나는 유정씨 보폭보다 한발 앞서 걸었습니다. 유정씨가 갑자기 왜 이렇게 빨리 걸으세요, 하며 자신도 보폭을 크게 잡았습니다.

　　―자전거 탈 줄은 아는 거지요?

　유정씨의 목소리가 일렁이다 멀어지는 바람 속에서 잘 려나갔습니다.

　　―왜요? 자전거 같은 거 못 탈 사람처럼 보여요?

　　―아니요, 잘 탈 사람처럼 보여요.

　　―그런데 왜 물어요?

　　―대답을 하나 안 하나 보려고요.

유정씨는 자신이 생각해도 우리 대화가 이상한지 웃었습니다. 나도 따라 웃었습니다.

자전거 빌려주는 집은 마을 안 초등학교 앞에 있었습니다. 나는 생각난 듯이 초등학교로 들어가는 초입에 세워져 있는 몇채의 빌라를 올려다보았습니다. 팔년 전에는 빌라를 짓느라 기초를 닦고 있었는데 그사이에 완성이 되어 있었습니다. 고동색과 아이보리색이 섞인 드라이비트 공법으로 마감한 외벽이 새 건축물 분위기를 물씬 풍기며 서 있더군요. 내게만 그리 보이는지는 모르지만 빌라는 어쩐지 이 마을과는 어울리지 않아 보였어요. 나지막한 돌담도 크고 작은 후박나무도 없이 빌라의 일층은 자동차를 세울 수 있게 주차장으로 만들어져 있기도 했습니다. 주차장엔 용달차 한대가 서 있었어요.

— 그래, 타지에서 아이를 가진 이주민들이 이사를 왔나요?

내가 빌라를 바라보며 묻자 그걸 잊지 않았네요? 중얼거리며 유정씨도 빌라 쪽을 돌아다보았습니다. 마을에 태어나는 어린아이가 없자 전쟁 후에 지어진 이곳 초등학교는 폐교될 위기에 놓이게 되었다고 들었습니다. 이 학교에는 수령이 몇십년 되는 나무들이 학교 앞과 뒤에 무성한 그늘을 이루며 살고 있지요. 팔년 전 이곳에 머물 때 동네 산책을 하는 도중에 사람의 손길이 닿지 않은 듯한 소롯한 길을 따라 들어갔다가 발견한 이 마을의 초등학교는 나를 단박에 사로잡았어요. 붉은 벽돌로 지어진 교사의 화단엔 이 섬의 꽃들이 만개해 있고 나무들은 학교의 앞뒤에 우뚝우뚝 서서 큰 그늘을 만들고 있었는데 사람이 보이지 않았거든요. 나는 화단으로 들어가 발돋움을 해서 교실 안을 들여다봤는데 교실도 텅 비어 있었어요. 칠판 앞 교탁과 학생들이 사용했음직한 책상과 의자들이 나란히 놓여 있고 그 텅 빈 교실에 찾아든 볕만 어룽어룽 그림자를 만들고 있었습니다. 그날 운동장 가에 나란히 심긴 오래된 수령의 나무들 사이를 몇바퀴나 돌았는지 모릅니다. 어찌하여 이렇게 아름다운 학교에 사람의 기척이 없는 건지 궁금해서 그날 산책을 마치고 돌아와 유정씨에게 연유를 물었던 기억. 그때 유정씨는 학교에 다닐 만한 아이가 없다고 했습니다. 폐교될 위기를 막고자 타지에서 아이를 가진 이주민을 받기로 했고 이주민들이 이 마을로 들어오는 경우에 집을 지어 분양하기로 하고 신청을 받았는데 전국에서 몰려든 신청자가 꽤 되어서 마을에 처음으로 공동주택을 지을 계획이 있는 것 같다고 애기했었지요. 그때도 공동주택이라고만 했지 그 형태가 구체적으로 빌라라고, 어디에 세워질 거라고 말한 적이 없는데도 나는 자전거를 빌리러 가는 길에서 새롭게 지은 빌라를 보는 순간 저곳인가보다, 생각했는데 틀리지 않았던 거지요.

　—의외로 이곳으로 들어오겠다는 사람들이 많아서 처음 계획보다 공동주택이 더 많이 지어졌어요.

　—학생들도 많아졌겠군요.

　—예. 일학년은 없지만 이학년 셋, 삼학년 일곱, 사학년 넷, 오학년 열둘, 육학년이 여섯……

　—숫자를 다 알고 있네요?

　내가 묻자 유정씨는 잠시 머뭇거리더니 제가 아이들 보건선생님이기도 하거든요, 했습니다.

　—유정씨가요?

　내가 되묻자 유정씨가 멋쩍게 웃으며 섬에 들어오기 전에 육지의 초등학교에서 보건교사로 일했다고 고백하듯 말했습니다. 가끔 이렇게 어떤 사람을 다시 알게 되기도 합니다. 나는 유정씨의 전직이 학교 보건교사였을 거라고는 전혀 짐작조차 못했습니다. 집을 꾸며놓은 것을 보고, 특히 내가 묵고 있는 유정씨의 집 거실에 있는 아일랜드 식탁을 직접 만들었다고 해서 이 섬에 들어오기 전에 인테리어 쪽의 직업을 갖고 있지 않았을까 상상했던 적은 있습니다. 아니면 나무를 다루는 사람이었거나요. 다시 앞장서서 초등학교로 들어서는 길 쪽으로 걸음을 옮기던 유정씨가 혼잣말하듯 웅얼거렸습니다.

　—갑자기 이런 얘기 이상할 테지만 나는 보건교사라는 내 직업에 만족했어요. 부모님이 일찍 돌아가셔서 할머니 손에 자랐는데요, 할머니가 아프면 내가 그 옆에서 할머니를 지켰거든요. 할머니는 한밤에 자주 열이 나곤 했는데 그때면 나도 모르게 세숫대야에 찬물을 받아와서 적신 수건을 할머니 이마에 올려주곤 했어요. 누가 그렇게 하라고 가르쳐주지도 않았는데 그냥 자연스럽게……

　—………

　—할머니 모시고 보건소 다니는 일도 어려서부터 했어요. 할머니가 약을 순서대로 잘 드시게 하려고 약봉지에 아침약, 점심약, 저녁약…… 써서 붙이기도 하고…… 할머니는 그렇게 내가 챙겨주는 약을 드시다가 내가 대학에 입학하던 해에 세상을 떠났어요. 할머니가 돌아가시던 날이 생각나요. 병실에서 가까이 오라고 손짓하셔서 내가 할머니 가까이 가자 두 팔로 제 머리를 안으시더니 내 귓

212

결에 대고 고맙고 감사하다……고 가쁜 숨을 쉬시며 말씀하셨어요. 이제 대학생이 되었으니 나는 가도 되지야……하시면서요. 나중에 알았어요. 나는 내가 할머니를 지키고 있다고 생각했는데 할머니는 어린 나를 두고 가시지 않으려고 안간힘을 쓰면서 버티셨다는 거요.

나는 갑자기 듣게 된 유정씨의 할머니 얘기에 유정씨를 물끄러미 바라보았습니다. 유정씨의 단정한 이마가 눈에 들어왔습니다. 할머니 얘기를 내게 해주는 유정씨는 담담해 보였어요. 어제 날씨가 어땠는지에 대해 말하고 난 사람처럼요.

　　── 할머니 때문이었는지 내게는 보건교사가 되는 일도 자연스러웠거든요. 학교에서 아이들이 갑자기 아파서 찾아올 때면 할머니가 돌아오는 것 같아서 좋았어요. 아이들과 할머니는 완전히 다른 존재인데도 그랬어요. 배아픈 아이는 배를 쓸어주고 운동장에서 무릎 깨져서 보건실에 오는 아이는 무릎에 흐르는 피 닦아주고 소독해주고 밴드 붙여주고 하는 시간이 좋더라고요.

유정씨는 얘길 하다가 무슨 생각이 났는지 혼자서 가만 웃었습니다. 내가 아무리 유정씨를 잘 알게 된다고 해도 저렇게 혼자 가만 미소 짓는 그녀의 시간으로까지 갈 수는 없는 거겠지요. 내가 혼자 웃는 유정씨를 바라보니까 유정씨가 웃음을 거두고는 죄송해요, 혼자 웃어서요, 라고 하더군요.

　─옛날 생각이 나서요. 도시에서 보건교사로 재직할 때 어느 여름날이었는데 어떤 아이가 머리가 깨질 것 같다고 수업 중에 보건실에 거의 실려 오다시피 했어요. 내가 머리 어디가 가장 아프냐고 물었을 뿐인데 그리고 머리를 쓰다듬어주었을 뿐인데…… 생긋 웃으며 다 나았다고 했던 일이 생각났어요.

　─유정씨는 그런 데가 있어요.

　─그런 데요?

　유정씨에게는 그런 구석이 있어요. 그런 구석이라고밖에 설명이 안 되는 그런 구석. 별말을 안 하는데도 유정씨 생각을 하면 어떤 쓰다듬을 받고 있는 느낌. 그러고 보니 선생님은 그런 구석을 더 강하게 지니고 계시지요. 제가 뉴욕에서 머물 때 언젠가 한번은 선생님이랑 맨해튼 외곽으로 디아비콘 미술관의 전시를 보러 간 적이 있었지요. 쇠를 사용해서 만든 원형의 작품들이 마치 책장처럼 펼쳐졌던 인상적인 전시였는데 그 전시의 내용은 다 잊어버리고 그때 기차를 타고 미술관이 있는 곳으로 이동했을 때 생각만 선명하게 납니다. 어쩌면 선생님은 잊으셨을지도. 기차 안에서 무심히 차창 바깥을 내다보던 선생님이 저를 보더니 팔을 펼쳐보라고 하셨어요. 왜 그러시나 하고 팔을 내밀었더니 선생님이 몸을 약간 제 쪽으로 돌리시고는 제 팔을 조용히 쓸어내려주셨어요. 어깨 쪽부터 팔꿈치 아래까지 계속해서 쓸어내려주셨어요. 처음엔 왜 그러시나 하다가 선생님의 손길이 계속 이어지자 참 이상하게도 마음이 편안해지더니 졸음이 쏟아졌습니다. 그때 혼자 남겨두고 온 딸도 헤어진 남편도 선생님의 쓰다듬는 손길에 잠깐 뒤로 물리고 차창 밖의 스쳐 지나가는 풍경을 무연히 내다보다가 그만 잠이 들었던 기억이 납니다. 그때의 짧은 잠은 달콤하고 깊었어요. 슬며시 눈을 떠보니 선생님이 그때까지 제 팔을 가만가만 쓸어내리고 계셨어요. 디아비콘 미술관에 가기 위해서 우리가 내려야 하는 역에 이를 때까지 선생님이 제 팔을 쓸어내려주던 기억. 유정 씨가 두통에 시달리던 아이의 머리를 쓰다듬어준 이야기를 듣는데 선생님의 그 손길이 자연스럽게 떠올랐습니다. 선생님은 그저 믿거나 말거나지만 어디선가 들으니 이렇게 무게 없이 바람결처럼 몸을 쓰다듬어주면 새 기운이 고인대,라고 지나가는 얘기처럼 말씀하셨지만 제게는 그게 사실인 듯 느껴졌어요. 그날 기차를 타기 전까지만 해도 간밤 잠을 설친 바람에 피로가 쌓여 무거운 느낌이었는데 기차에서 내리고는 발걸음도 가볍게 선생님과 그 전시를 즐겼지요. 그리고 여태까지도 이렇게 가끔씩 그 순간이 제 인생에 출몰해서 그 기운을 전해주는 것도 그 증명이 아닐는지요. 말수 적은 유정씨가 자신이 보건교사로 재직했을 때 이야기를 들려준 것에 대한 고마움의 표시로 저도 선생님 이야기를 유정씨에게 해주고 싶은 것을 가만 참으면서 그런 사람들이 있다,고만 했습니다. 존재하는 것만으로도 좋은 기운을 전해주는 그런 사람들이 있는데 내가 보기엔 유정씨도 그중의 한 사람인 것 같다고요. 말을 하면서도 이상한 일이네, 생각했습니다. 다른 누구도 아닌 내 입에서, 무슨 급한 일이 있는 사람처럼 이 팬데믹 시절에 비행기를 타고 이 섬으로 들어와 어제까지만 해도 유정씨네 집 거실에서 꼼짝을 하지 않고 있다가, 아니군요, 꼼짝하지 않고만 있었으면 그나마 좋았을 텐데 한밤중에 무슨 유령처럼 흐느적흐느적 몸을 일으켜 폭식을 해대던 내 입에서 자연스럽게 유정씨에 대한 예찬이 흘러나와서요. 유정씨는 내 말을 들으며 또 가만 웃었습니다. 내가 멋쩍어져서 사실이에요, 하니까 유정씨는,

—그러게요, 내가 그 아이에겐 그런 존재였던 것도 같아요. 피아노를 잘 치는 아이였는데요. 그 아이 엄마 극성이 참 대단했거든요. 아이가 하교하지 않으려고 했을 정도였어요. 집에 가면 밤이 깊도록 피아노 레슨을 받아야 하니까······

내가 모르는 아이에 대한 이야기를 하던 유정씨의 얼굴이 갑자기 쓸쓸해졌습니다.

—그런데 그런 일만 있었던 건 아니거든요. 어느 날 내가 건네준 약을 먹은 아이 하나가 그 약이 맞지 않았던지 가슴이 아프다고 하소연을 하다가 병원 응급실로 실려갔어요. 그 아이의 부모에게 호된 질책을 받게 되었는데 나라는 사람은 그만한 그릇밖에 못 되었나봐요. 그 일이 있은 후로는 보건교사 일이 아무런 의미가 없게 느껴졌어요.

—·········

—그렇게 무책임한 사람이 나이기도 하답니다.

—·········

—할머니랑 살던 집을 정리해서 이 섬으로 왔어요. 그러고는 결국 여기 초등학교 보건교사가 되었으니 다시 원점이네요.

─.........

 ─폐교를 앞둔 학교의 대책이 통했다는 게 나에겐 신
선했어요. 물론 이 섬으로 아이들을 데리고 이주해 온 사
람들에게도 사연이 있을 것이고 이 섬에서 어린 시절을
보낸다는 게 좋을 수도 있겠지만 가끔 아이들이 원해서
이 섬으로 온 것일까? 하는 생각은 들어요. 아이들은 옮겨
심는 나무같이 간단하지는 않잖아요. 어느 날 갑자기 이
섬으로 이동해 와서 어찌 지내는지 궁금했어요. 그래서
보건교사가 필요하다는 말을 듣고는 자원을 했어요.

 ─월급은 받고 있는 거지요?

 유정씨는 제 말을 들으면서 처음으로 밝고 맑게 큰 소
리를 내며 웃었습니다.

 ─그럼요, 받고 있습니다. 나도 살아야지요.

 그런 얘기를 나누며 오솔길 사이 건너에 있는 두기의
무덤을 지나 자전거 빌려주는 집 앞에 도착했습니다. 그
집은 초등학교 운동장이 건너다보이는 곳에 있었습니다.
집이 항상 비어 있어서 예전에 그곳을 지나다닐 때면 고
개를 빼고 안을 들여다봤던 작은 마당을 지닌 빈집이 자
전거 빌려주는 집이 되어 있었습니다. 이 섬의 어느 집
이나 다 그렇듯이 낮은 돌담이 문 역할을 하고 있었는데

돌담 한쪽에 부재 시에는 전화를 걸어달라는 말과 함께 010으로 시작되는 전화번호가 적힌 팻말이 걸려 있지 않았다면 그 집이 자전거 빌려주는 집이라는 것을 누가 알겠나 싶었습니다. 아니네요, 마당에 여러대의 자전거가 세워져 있긴 했으니 다른 설명이 없어도 그게 표시가 되었겠군요. 유정씨가 미리 연락을 해놓은 것인지 안에서 나온 아주머니가 한쪽에 세워둔 자전거를 유정씨에게 가리키며 방금 체인에 기름칠을 해두었다고 했습니다. 유정씨가 바퀴를 눌러보자 아주머니가 바퀴에 바람도 '쎄게' 채워두었다고 발음하더군요. 아주머니가 바람 '쎄게' 채워두었다고 할 때에야 저는 아주머니 얼굴을 바로 봤습니다. 보글보글한 파마머리에 그을린 얼굴이 이 섬 어디에서나 마주칠 수 있는 모습인데 말할 때마다 하얀 덧니가 드러났습니다. 덧니가 저리 하얄 수도 있다니, 생각했습니다. 저는 왜 유정씨가 자전거 빌리러 가자고 했을 때 그 집의 주인이 남자일 거라고 생각했을까요? 아주머니가 자전거를 챙겨주고 돈을 받고 해가 저물 때까지만 반납을 하면 된다고 말하면서 하얀 덧니를 내보이며 웃을 때마다 이상하게도 나도 같이 웃게 되었어요.

　　—어느 쪽으로 나가볼까요?

유정씨가 먼저 자전거에 올라타면서 제게 물었습니다.

— 바당 쪽으로 나가봅소.

대답은 아주머니가 했습니다. 아주머니는 요즘 해녀들이 물질을 하고 있으니 바다 쪽으로 나가면 해녀들의 숨비소리를 들을 수 있을 거라고 덧붙였어요.

— 그럴까요?

내 동의를 구하는 유정씨에게 그러자는 뜻으로 고개를 끄덕였습니다.

이 마을은 눈앞에 바다가 바로 보이지는 않으나 바다와 멀지 않습니다. 아마 자전거를 타고 이십분 정도 가면 바다에 닿을 겁니다. 예전에 섬사람들은 어쩌든지 바다와는 먼 곳에 집을 짓고 살려 했다고 합니다. 사는 집이 바다에서 얼마나 떨어져 있느냐는 곧 삶의 안전성과 연결되어 있었다고 했습니다. 요즘 사람들하고는 완전히 반대인 거지요. 바다가 보이는 정도에서 만족하지 않고 바로 바다 앞으로 걸어나갈 수 있는 곳에 살려는 사람들은 바다 폭풍의 위력을 겪어보지 않은 사람들이고 이 섬의 바람 맛을 보지 못한 사람들이라고 하더군요. 바다의 파도와 바람으로부터 안전거리가 20킬로미터 정도는 되어야 한다고 했습니다. 집을 지어도 그쯤은 거리를 두고 짓는 게 좋다고요.

지금 사람들은 가능한 한 바다 가까이 가려고 하지요. 특히 이 섬에서는요. 이 섬에 있다고 하면 대부분 맨 먼저 바다는 보여?라고 묻는 시대입니다만 예전엔 바닷가 쪽에서 사는 사람들은 바다에서 멀리 사는 사람들보다 가난했다고 합니다. 저는 내륙에서 태어나 자란 사람이라 처음에는 그게 무슨 말인지 알아듣지 못했습니다. 섬에서 살려면 기왕 매일 바다를 볼 수 있는 바닷가 쪽에서 사는 게 좋지 않나, 무심코 그리 생각했습니다. 하지만 그것은 외지 사람들의 생각이라고 하더군요. 나에게 이런 말을 해준 사람은 누구일까요? 바닷가 쪽에서 한달쯤만 지내보면 왜 그런지 그 이유를 저절로 알게 된다고 해줬던 사람이. 그는 말했습니다. 한달이 아니라 당장 열흘만 지나도 바다 쪽은 쳐다보지도 않게 된다더군요. 특히 이곳 섬은 비와 바람이 많아서 매일 불어오는 모래 섞인 바람 때문에 매일 창틀을 닦지 않으면 모래먼지가 수북해지는데 아무리 좋은 창틀을 사용해도 바람을 타고 안으로 밀고 들어오는 모래먼지를 막을 도리가 없다고요. 빨래를 널 수가 없고 설령 널어놓는다고 해도 습도가 높아서 잘 마르지 않는다고 했습니다. 지금도 이곳에서 토박이로 사는 원주민들은 타지 사람들이 바닷가 쪽에 집을 지으려는 것을 이해하지 못한다고 했습니다. 예전에는 중산간 지대에 집을 지을 땅이 없는 사람들이나, 사연이 있어 마을로 들어올 수 없는 사람들이 할 수 없이 바닷가 근처에 집을 짓고 살았답니다. 언제부턴가 육지에서 이 섬으로 들어오는 사람들이 바다 쪽으로 자리를 잡기 시작했고 지금은 누구나 바닷가에 집을 짓고 살려고 하는데 그건 이 섬의 바다를 모르는 사람들이라고 말해준 그 사람이 누구인지……

나는 페달을 굴리며 먼저 출발한 유정씨를 따라 자전거에 올라타면서 자전거에 달린 거울로 제 눈을 들여다봤습니다. 부기가 빠지지 않아 통통한 눈자위를 잠깐 응시하다가 곧 유정씨를 뒤따라 페달을 굴렸습니다.

선생님은 자전거를 탈 줄 아시는지요?

힘차게 자전거 페달을 밟아 앞으로 나아가는 유정씨 뒷모습을 보면서 언젠가, 언젠가 말입니다. 선생님이 이 땅을 다시 밟을 수 있는 그런 날이 온다면 선생님과 이곳으로 와서 자전거를 함께 타면 좋겠다는 생각을 해봅니다. 내가 자전거를 탈 수 있을까? 이렇게 늙어서? 선생님

목소리가 들리는 것 같아서 페달을 굴리려다가 잠깐 멈칫
했습니다.

선생님의 고국인 이 나라 땅에 대한 이야기만 나오면
선생님 목소리는 처연해지곤 했지요.

선생님이 삼년만 살고 올 생각으로 떠났다가 다시 돌아
오지 못한 땅에 저는 이렇게 서 있습니다. 선생님이 고국
이라고 부르는 이 땅에 이렇게요. 이제는 귀국을 막는 법
도 사람도 없는데 돌아갈 곳이 없게 되었다고도 하셨지
요. 그사이에 한국은 선생님께 모르는 나라가 되었다고도
하셨습니다. 선생님의 기억 속에 자리 잡은 이 나라 땅에
대한 기억은 몇십년 전 것인데 뉴스에서 보면 달라져도
너무 달라져서 완전히 다른 나라인 것 같다고도 하셨지
요. 내 고국은 내 기억 속에나 있는 것 같아,라고 하실 때
면 뭐라 답을 못하고 그저 선생님 손이나 잡아드리던 날
들이 있었습니다. 여기에 살고 있는 저도 어느 때는 이 나
라의 변화하는 속도에 무연해질 때가 많은데 타국에서 바
라보는 마음을 제가 어찌 헤아리겠는지요. 젊기라도 하면
모르겠어, 하시던 모습이 떠오릅니다. 여기서 다 살아버린

후의 늙은 몸으로 어디로 가겠어, 서글퍼하시던 모습이.

　제가 어렸을 때 선생님이 계신 나라의 물건을 '미제'
라고 불렀던 기억이 납니다. 미제라는 말이 품고 있는 속
뜻은 최고로 좋은 것이라는 뜻이기도 했지요. 이거 미제
야, 하면 미국제품이라는 게 아니라 최고로 좋은 거야,로
통했어요. 라디오, 시계, 담요, 우유, 신발…… 등을 자랑
할 때 쓰는 말이 미제였습니다. 품질이 비슷한데도 미제,
라는 말이 붙는 순간 프리미엄이 생성되었던 거지요. 제
가 대학교에 다닐 무렵에는 그 미제,라는 말의 자리를 '일
제'가 차지했습니다. 그때 우리나라 사람이 일본 여행을
가게 되면 화장품이나 보온병 같은 것을 사와서 아껴 썼
습니다. 어쩌다 선물을 하게 되거나 받게 되면 귀한 걸 주
고받는 느낌이었답니다. 지금은 그 말 자체가 거의 사라
졌네요. 이제 이곳 사람들은 무엇이든 자연스럽게 국산
을 찾습니다. 국산이 아니면 의심을 하는 시선도 생겼지
요. 티브이, 세탁기를 비롯하여 휴대전화, 컴퓨터뿐 아니
라 마켓에서 생선이나 과일을 살 때도 이 땅에서 생산되
지 않는 것을 제외하고는 국산인지를 확인합니다.
　선생님의 보살핌을 받으며 제가 뉴욕생활을 할 때 선

생님과 만나고 돌아오는 길엔 제 손에 큰 쇼핑백이 들려 있곤 했던 기억이 떠오릅니다. 거처로 돌아와 쇼핑백에 들어 있는 걸 꺼내놓으면 식탁이 한가득 찼습니다. 장조림이나 멸치볶음 같은 밑반찬은 물론이고 물김치, 오이지며 생채까지…… 낯선 곳에서 일년을 지내면서도 선생님 덕분에 떠나온 곳의 음식이 그립다는 생각을 해본 적 없이 지냈습니다. 남의 나라에서 백김치에 간장게장까지 먹고 지낸 사람이 흔하지는 않겠지요. 그런 선생님께 밤에 얼굴에 바를 수 있는 영양크림이나 향수라도 선물하고 싶어 맨해튼의 화장품 편집숍인 세포라에 갔을 때 저는 눈이 휘둥그레졌어요. 세포라의 가장 중심에 한국 화장품 회사의 세럼이 왕관을 쓰고 진열되어 있었거든요. 제가 놀라서 세럼 한병을 집어들고 앞뒤로 살펴보기까지 했답니다.

아모레.

제게는 몰라보려야 몰라볼 수 없는 화장품 이름입니다. 어렸을 때 엄마가 쓰던 화장품이 아모레 타미나였거든요. 엄마 몰래 스킨이나 로션을 얼굴에 발라보던 그 긴장감이 지금도 고스란히 남아 있습니다. 어렸을 땐 왜 그렇게 엄마의 화장품 그릇이 궁금하고 거기에 담겨 있는 모든 것을 써보고 싶던지요. 내 딸도 그랬을까요? 내 딸도 내 로션병 뚜껑을 열고 얼굴에 발라보고 했을까요. 아모레 세럼이 왕관을 쓰고 세포라에 진열되어 있는 걸 보고 있자니 만감이 교차한다는 말을 실감했습니다. 제가 아모레 세럼을 다름 아닌 뉴욕 맨해튼의 세포라에서 구입해 선생님께 드리는 일이 생기다니…… 선생님이 제가 내민 세럼을 받으시고는 이거 비싼 건데? 하셨지요. 여기서 한국 화장품 인기가 최고야, 비싸서 사기도 힘들어…… 선생님 말씀처럼 이제는 일본 사람들이 한국에 와서 한국 화장품을 사갑니다. 중국 사람들은 말할 것도 없구요. 예기치 않았던 팬데믹으로 인해 국가 간의 자유로운 이동이 규제받기 시작하면서 시장에서 가장 큰 타격을 받은 것 중의 하나가 화장품이라고 합니다. 명동을 가득 메우던 중국이나 일본 관광객들이 가장 많이 사가던 게 화장품이었는데 그들이 오지 못하니 타격을 받은 것이겠죠.

선생님이 이 나라를 떠나던 때를 이제 거의 상상할 수도 없을 정도로 모든 것이 달라졌습니다. 그때에 이곳을 떠나서 자식에게 영어를 빨리 배우게 하려고 한국말을 쓰지 못하게 했다던 분이 그러더군요. 그 아이의 자식이 이제 이 나라의 드라마를 보면서 이 나라 말을 배우고 있다고요. 한국어가 이런 경쟁력을 갖게 될 줄은 상상하지 못한 일이라고 했습니다. 이제는 영어만 잘해서는 살아갈 방도가 좁고, 떠나올 때 자식들이 어서 잊기를 바랐던 이 나라 말을 할 줄 알아야 운신의 폭이 그나마 넓어진다더군요.

선생님이 돌아올 수 없었던 이 나라는 예전이나 지금이나 기름 한방울 나지 않고 국토는 작고 주변 강대국들의 힘겨루기에 에워싸여 한시도 긴장을 놓을 수 없으며 게다가 그때나 지금이나 세계 유일의 분단국가인데 무엇이 그런 변화를 가져오게 했을까…… 저도 골똘히 생각해볼 때가 있습니다. 어떤 이들은 이 나라는 척박한 환경 속에서도 민주주의를 이루어냈고 독재시대에 행해지던 숱한 검열을 막아낸 것이 오늘날의 변화를 이룬 요인이라고도 합니다. 참다운 민주주의를 이루어냈는가,는 다른 문제이기도 하겠지만은요. 또다른 이들은 문화와 예술 덕분이라고도 하지요. 무거운 역사로부터 비교적 자유로운 젊은 세대들이 일구어낸 것이라고요. 역사에 크게 빚진 게 없는 그들이 자유로운 상상력으로 세계를 발판으로 활약하는 슈퍼스타가 된 덕분이기도 하다구요. 이런 얘기를 선생님께 하다보니 뉴욕에서 선생님과 긴 이야기를 나누던 날들이 그리워집니다. 한사코 떠나온 고국을 편들었던 선생님. 선생님은 팬데믹이 시작되기 전까지는 계속 제게 메일을 보내셨습니다. 전세계적으로 팬덤을 거느린 가수가 빌보드 차트의 맨 위에 올랐을 때도 감격하셔서 제게 메일을 쓰셨지요. 정말 장하다면서요. 이곳 감독들이 만든 영화가 뉴욕의 극장에서 상영되면 선생님은 그 불편하신 몸으로도 극장에 가고 화가들이 전시회를 하면 거기가 어디든 찾아가서 보고 듣고 그 소감을 메일에 쓰셨는데 저는 한번도 답장을 드리지 못했습니다. 무엇이 선생님을 그토록 고국 편을 들게 했을까요. 이 나라는 선생님을 돌아오지 못하게 막았는데도. 그리고 이제는 모르는 나라가 되어버려 돌아올 수가 없게 되었다고 하면서도.

─빨리 오세요.

선생님 생각에 마음이 물끄럼해져서 자전거에서 내려 손잡이를 잡고 우두커니 서 있는 저를 유정씨가 불렀습니다. 유정씨가 벌써 해안도로 쪽으로 자전거 방향을 틀고 있었어요. 유정씨를 따라잡기 위해 저도 힘껏 페달을 밟아 속도를 냈습니다. 마을에서 자전거를 타고 겨우 삼십여분을 달렸을 뿐인데 바닷물이 옆에서 출렁거리는 해안도로에 이르렀습니다. 제게 바다는 언제나 고개를 들고 멀리까지 내다보게 하는 곳입니다. 산이 있는 마을에서 자란 것이 그 이유겠지요. 아무리 먼 곳에 가더라도 거기에 산이 있으면 멀리 떠나왔다는 생각이 들지 않는데, 어디든 다다른 곳이 바다일 때는 내가 살고 있는 곳에서 아주 먼 곳으로 이동해 온 느낌이 들곤 합니다. 낯설어서 그러겠지요. 그래서 저에게 어딘가로 떠난다는 것은 바다가 있는 곳으로 간다는 뜻이기도 했습니다.

제가 속도를 내는 것을 보고 유정씨는 자전거에서 내려서 제가 가까이 올 때까지 기다려주었습니다. 가까이 가자 유정씨가 왜 그렇게 서 있었어요? 물었습니다.

──어떤 분 생각이 나서요.

──어떤 분인데요?

──………

──아, 대답 안 해도 되어요. 난 멈춰 서 있길래 다시 집으로 가버리는 거 아닌가 싶어서 불러본 거예요. 오늘은 나랑 같이 밖에 있어요. 꼭 보여드리고 싶은 것도 있거든요.

내게 꼭 보여주고 싶은 것? 유정씨가 그런 마음인지는 몰랐습니다. 내가 가만있자 유정씨가 손을 들어 바다 저편을 가리켰습니다.

— 저기가 우도예요.

— 우도?

— 섬 모양이 소가 드러누운 것처럼 보인다고 해서 우
도라고 이름을 지었다고 해요.

나는 유정씨가 가리키는 바다 저편의 우도를 바라보았
습니다. 소가 드러누운 것처럼은 보이지 않았습니다. 하
긴 소가 드러누우면 어떤 형태가 되는지를 정확히 알지
못하는군요. 내가 무슨 생각을 하는지 다 알고 있는 사람
처럼 유정씨가 드러누운 소가 상상이 안 되면 머리를 내
밀고 있는 소를 상상해보세요, 하며 웃었습니다.

— 조선시대에 저기서 나라의 소를 길렀다고 해요. 숙
종 때라고 하던가, 그때 처음으로 저 섬에서 사람이 거주
하는 것이 허락되었다고도 하는데 소를 기르기 위한 사람
을 위해서였다고 하더군요. 저 섬에서 소를 방목해 기르
게 하기 위해서요.

유정씨의 설명을 들으면서 나는 속으로 말이 아니고?
생각했습니다. 제주에서 말을 길렀다고만 알고 있었지 소
이야기는 처음 듣는 것이었거든요. 유정씨는 내 얼굴을
슬쩍 살피는 것 하나만으로 또 귀신같이 내 속마음을 읽

어내고 대답이라도 해주듯이 네, 말이 아니고 소를 길렀
대요, 저 섬에서는요, 그래서 섬 이름이 우도가 되었다고
해요, 했습니다. 두번이나 내 마음속을 들여다본 유정씨
의 질문 없는 답변을 듣게 된 나는 허탈해지기도 해서 가
만 웃었습니다. 지난밤 나도 인지하지 못한 사이에 이루
어진 폭식으로 퉁퉁 부어오른 내 눈도 일그러진 채 웃고
있었겠지요. 눈 속으로 푸른 바다가 일렁거리며 차올랐습
니다. 먼 데서 파도가 소리 없이 솟았다가 사라질 때는 웃
다가 만 눈 속에 눈물이 차올랐습니다. 자주 그럽니다. 아
무 마음이 아닐 때도 갑자기 눈물이 눈 속에 차올라 뺨으
로 주르륵 흘러내리곤 했어요. 버스 안에서도 마트의 하
얀 두부 앞에서도 첫새벽에 무심히 틀어보는 텔레비전 화
면 앞에서도요. 내버려두면 목을 타고 가슴을 타고 배를
타고, 눈물은 길을 만들며 내 몸 어딘가로 스며들다가 말
라붙었어요. 눈물이 몸에 만든 그 하얀 길 때문에 샤워를
하는 날도 있었네요. 마음이 없는 상태에서도 눈에 눈물
이 고이는 일이 잦을 때는 안과에 다녀온 적이 있는데 달
리 원인을 찾아내지는 못했습니다. 딸이 이 세상에 없는
데 이런 사소한 일로 병원을 찾아 진료카드를 쓰고 차례
를 기다린 나 자신에 대한 혐오가 강렬하게 남아 또 가지

는 않았지만요.

　—웃으니까 얼마나 좋아요, 많이 웃었으면 좋겠어요.
웃는 사람들은 그 모습이 얼마나 예쁜지 본인만 모를 거
예요.

　유정씨의 말에 괜히 마음이 뭉클해졌습니다. 이 섬에
도착하자마자 공황상태에 빠져들어 숙소에서 나오지 않
는 나를 자전거로 끌어낸 유정씨의 마음도 짚어졌습니다.
그래서 나에게 할머니 얘기도 해준 거겠지요. 어떤 사람
의 어린 시절에 대해 알게 되는 것은 뜻밖에 매우 친밀한
감정을 유발합니다. 유정씨에게 할머니와 함께 보낸 고독
한 어린 시절 얘기를 들었기 때문일까요. 내가 유정씨와
거리를 두지 않고 바싹 따르고 있더군요. 언젠가는 내가
유정씨에게 내 어린 시절 얘기를 하고 있기도 할까요? 선
생님께 내 딸의 얘기를 할 수가 없어 팔년을 답장을 쓰지
못했는데 잘 모르는 유정씨에게 얘기하는 날이 오기도 할
까요? 지금 갑자기 선생님 이야기를 유정씨에게 하고 싶
어지는 걸 눌러 참습니다. 선생님을 자주 뵈었던 그때 뉴
욕의 불안하고 어지럽고 어두운 지하철역과 사람들을 스
케치하며 내가 건너왔던 시간들에 대한 이야기도요.

　—저기 성산항에 우도로 들어가는 정기여객선이 있

어요. 십오분 정도밖에 안 걸려요. 나중에 한번 같이 가보게요. 자전거를 싣고 배를 탈 수 있으니까⋯⋯

유정씨는 나중에 한번 가보세요,라고 하지 않고 나중에 한번 같이 가보게요,라고 했습니다. 함께해주겠다는 뜻이겠지요. 나중에 한번 같이 가보게요,라는 말. 무심히 혼자가 아니라는 것을 일깨워주는 말. 방금 유정씨에게 들은 말을 바다를 향해서 가만 내뱉어봤습니다. 나도 언젠가 누군가에게 이런 말을 쓸 수 있는 시간이 올까요? 무엇인가를 같이 해보자는 말요. 딸을 잃고 난 후 모든 것에서 의미를 함께 잃었습니다. 자전거를 잡은 손에 힘이 들어가고 자꾸만 눈물이 흘러내리는 눈 속으로 바다 저편의 우도가 들어왔습니다. 지금의 우도엔 무엇이 있고 어떤 사람들이 살고 있을까 싶은 궁금증이 생기다니⋯⋯ 참 낯설군요. 그 옛날 소를 관리하기 위해 섬 속의 더 깊은 섬 우도로 배를 타고 들어갔을 사람들은 어떤 사람이었을까요. 그곳에도 저 푸른 바다에 가려진 초목들이, 차마 말하지 못하고 숨겨놓은 안타까움이, 한번 들어가서 돌아오지 못한 오래된 사람들의 역사가 스며 있겠지요. 선생님이 삼년을 생각하고 고국을 떠났다가 다시 돌아가지 못하는 삶을 여태 살고 있는 것처럼, 통증에 함몰되어가던 친구가 한사코 자신의 고통이 있는 곳으로 나를 오지 못하게 막았던 순간들처럼요. 그렇게 시간은 그리고……를 계속 이어가는 것인가요? 그리고…… 그리고…… 그리고…… 그리고 어느 날인가는 유정씨와 내가 이 섬의 성산항에서 우도로 들어가는 배를 타기도 할까요? 그럴까요, 선생님? 그리고 또 어느 날 우도로 들어가는 뱃전에 나란히 서 있는 사람이 선생님과 저이기도 할까요?

유정씨가 다시 자전거에 올라타 페달을 밟았습니다. 그 뒤를 내가 따랐습니다. 해안 길을 달리면서 보니 저 아래에 소 몇마리가 풀을 뜯고 있었습니다. 소들은 계속 저 자리에 있었을 텐데 바다를 보느라 눈에 들어오지 않았겠지요. 소들 앞에는 주인이 가져다놓았을 흰 무가 여기저기 쏟아져 있었습니다. 우도가 내다보이는 해안 쪽에서 풀을 뜯고 먹이로 내다놓은 것 같은 무를 먹고 있는 소들이라니…… 저도 모르게 슬며시 웃음이 나왔습니다. 어제까지만 해도 문밖을 나설 엄두가 나지 않을 정도로 끝없이 바닥으로 가라앉아 있던 제가 바다 앞의 소들을 보고 웃고 있다는 생각에 황급히 웃음을 거두었습니다. 제가 집을 떠나지 않았으면…… 상황이 달라질 수 있었겠지요. 제가

같이 있었다면 딸이 그 차가운 바닥에 쓰러진 후에 혼자
있진 않았겠지요. 딸이 나를 가장 필요로 할 때 나는 곁에
없었습니다. 이후로 세상의 모든 다리는 막 부서지려고
하는 중임을 느낍니다. 간신히 다리에 서서 헤아릴 수도
없는 깊이의 물속을 들여다보는 것 같은 날들……

　— 저 소리가 숨비소리예요.

　좀 전부터 바다 쪽에서 휘이익, 하는 소리가 들린다고
생각했는데 앞서 달리던 유정씨가 자전거에서 내려와 해
변 바위 아래를 가리켰습니다. 어느 해안에 이른 해국이
피어 있었습니다. 해안도로 양편으로 펼쳐진 수국 길의
수국들은 아직 피어날 준비를 못하고 잎사귀만 무성했습
니다. 해안도로는 곡선으로 휘어지다가 수국을 심어놓은
길로 접어들다가 다시 바다를 가리는 동산을 휘어돌며 이
어졌습니다.

　— 저 소리 알고 있지요?

　휘이익, 휘이익…… 소리가 들리는 곳은 바위 아래 바
다 쪽이었어요. 바다의 검은 돌 위에는 셀 수 없이 많은
흰 새가 떼를 지어 앉아 있다가 다시 허공으로 솟아오르
다가 어떤 기척에 놀라서 일제히 다른 쪽으로 날아가기
도 했습니다. 그 사이로 주홍빛의 물체가 떠오르면 휘이

익…… 소리가 났습니다. 눈을 부릅뜨고 자세히 보니 그 주홍빛은 해녀들이었어요. 그들이 물질을 하다가 솟아오를 때마다 입고 있는 주홍빛 잠수복이 바다 위로 떠올랐던 것이었어요.

— 저 해녀들 스케치를 많이 했잖아요?

— 내가요?

무슨 소리일까요?

— 그때 그린 것들 찾으러 온 거 아니어요?

— 내가 여기서 그림을 그렸어요?

유정씨와 나 사이에 적막이 흘렀습니다. 휘이익…… 휘이익…… 휘이익…… 물 밖으로 나온 해녀들의 숨비소리가 적막 사이에 놓였습니다.

— 창고 문을 아직 열어보지 않았어요? 내가 거기에다 잘 보관해뒀는데?

— 무엇을?

— 그때 여기 황급히 떠나면서 남겨둔 것들, 내가 모두 잘 보관해두었어요. 창고에요. 거기에 저 숨비소리를 내는 해녀들 스케치가 상당히 많았는데…… 여기서 작업한 것들 아닌가요? 오름이며 묘지들 스케치도 있었지만 숨비소리를 내는 해녀들 스케치가 압도적으로 많아서 나는

당연히 숨비소리를 알고 있는 줄 알았네요. 어떤 스케치에는 저 휘파람 소리 같은 숨비소리가 글자로 써 있기도 해서…… 내가 뭘 잘못 생각했나봅니다. 나는 그때 여기에 남겨두고 간 것들을 정리하러 온 줄 알았습니다. 매년 기다렸거든요. 올해는 올까, 또 새해가 다가오면 올해는 오겠지…… 그렇게 대체 몇해가 흐른 거죠?

유정씨의 말에 의하면 저는 이미 해녀들의 숨비소리를 들은 적이 있는 사람이고 숨비소리를 내며 바닷물을 차고 올라오는 해녀들을 수도 없이 그린 사람인데, 잊고 있었습니다. 이상한 일입니다. 테이블의 긁힌 자국들까지도 생각이 나는데 팔년 전에 제가 이곳에서 그렸다는 그림들은 잊었습니다. 그동안 단 한번도 여기에 남겨두고 간 것들에 대해 생각을 해본 적이 없습니다. 제가 잊은 저의 흔적들을 유정씨는 마당 한편의 창고에 고스란히 보관을 해두었다고 하는군요. 팔년 전에 유정씨에게 제대로 작별인사도 못하고 눈에 보이는 것들을 가방에 쓸어 담은 뒤 저는 허둥지둥 이곳을 떠났습니다. 떠난 후로 이곳은 내게 선생님의 고국 같은 곳처럼 갈 수 없는 곳이 되었어요. 내가 이곳으로 떠나오지만 않았다면 딸과 함께 있었을 텐데 싶은 마음이 늘 앞서 있었습니다. 그랬던 내가 이곳에 돌

아가 선생님께 답장을 쓰고 싶다는 마음이 일어날 줄이
야. 그런데 여기에 내가 남겨놓은 것들이 있다는군요. 당
황하는 내 기색을 살피다가 유정씨가 다시 바다로 눈길을
두었습니다.

　──해녀들이 깊은 바닷속을 물질하다가 숨이 턱까지
차오르면 물 밖으로 나오면서 내뿜는 소리예요. 그걸 숨
비소리라고 해요.

　숨비소리.

　나는 대답하는 것도 잊고 푸른 물살을 타고 들리는 해
녀들의 숨비소리만 들었습니다. 해녀들이 물질하는 바다
는 광활하고 흰 물살과 푸른 물살이 뒤엉켜 몰려왔다가
몰려가곤 했죠. 휘이익…… 깊은 바닷속에서 해녀들이 물
질하려는 것이 전복일지 문어일지 해삼일지는 모르지만
더이상 숨을 쉴 수가 없을 정도가 되면 물 밖으로 나오며
뱉어낸다는 숨소리. 생존의 절박한 숨소리가 일렁이는 짙
은 바닷물 위로 주홍빛으로 떠오르며 토해내는 숨소리는
공기 속에서 가볍고 자유롭고 아름다웠어요. 눈앞에서 해
녀들의 물질을 보지 않고 멀리서 숨비소리만 들으면 그
소리가 생존의 문턱에서 더이상 버틸 수가 없어 튀어오르
며 내뱉는 사람의 숨소리라고 누가 짐작하겠는지요. 누가

부는 피리 소리처럼 숨비소리는 드넓은 바다를 아련하게
채우고 있었습니다. 바닷속으로 들어가는 차례가 다르니
숨비소리를 내뱉는 순서도 달라서 소리는 마치 광활한 바
다 위를 유영하는 주홍빛 음표 같기도 했지요. 이리로 와,
이리 와…… 부르는 소리처럼 들리기도 했습니다. 숨비소
리에 넋이 나가 있는 저를 유정씨가 물끄러미 보다가 자
전거를 잠깐 세워두고 저 아래로 내려가보자고 했습니다.
거기에 불턱이 있으니 가까이 가서 잠시 숨비소리를 듣자
고 했습니다.

　　─불턱요?

　　─그때 여기 머물 때 불턱도 꽤 많이 그렸던데……

　유정씨는 불턱이 뭐냐고 묻는 내 눈을 지그시 바라보
다가 자전거를 세웠습니다.

　　─예전에 해녀들이 바닷속으로 들어갈 때 옷도 갈아
입고 쉬기도 하는 자리를 불턱이라고 불러요.

　　─………

　　─이를테면 해녀들의 쉼터라고나 할까요. 요즘으로
치면 해녀의 집 정도 되겠네요. 과거엔 그런 게 없었으니
까 둥글게 돌담을 쌓거나 또 지형이나 바위 모양이 자연
적으로 쉬기 좋거나 옷을 갈아입을 때 가릴 수 있게 된 곳

이 불턱이 된 것 같아요. 마침 여기에 예전 모습 그대로의 불턱이 남아 있는데…… 그때 이 불턱도 여러장 스케치했어요. 내가 그림에 대해 아는 바는 없지만 참 좋아서 불턱 스케치도 잘 보관해뒀습니다.

앞장서는 유정씨를 따라 바다 쪽으로 내려가는데 여기저기 구멍이 숭숭 난 현무암들이 각양각색의 모습으로 펼쳐져 있었습니다. 그 사이로 푸른 해초들이 찰랑거리고 있었어요. 숨어 있기 딱 알맞은 장소로 보였습니다. 그랬군요. 그때의 나는 이 해변의 불턱에 내려와서 바닷물에 잠긴 현무암들을 스케치하기도 했군요. 이 사이를 걸어보는 게 처음이 아니군요. 유정씨와 나의 기척에 현무암으로 이루어진 불턱 사이에 앉아 있던 흰 새 수십마리가 날개를 펴고 바다 쪽으로 날아갔습니다. 새들은 대체 저 광활한 바다 어디로 날아가는 것인지요. 현무암 사이로 발을 내디디며 한참을 내려가자 바닷물과 닿기 전 바위 언덕에 '고망난 돌 불턱'이라는 나무 팻말이 보였습니다. 나는 잠시 걸음을 멈추고 거기에 쓰인 안내문을 읽어봤습니다.

불턱은 해녀들이 옷을 갈아입고 바다로 들어갈 준비를 하는 곳이며 작업 중 휴식하는 장소이다. 이곳에서 물질에 대한 지식, 물질 요령, 어장의 위치 파악 등 물질 작업에 대한 정보 및 기술을 전수하고 습득한다.

고망난 돌 불턱은 종달리에 위치한 자연 불턱으로 구멍이 나 있는 돌이란 뜻이다. 바위 사이에 있는 구멍에는 성인 일고 여덟명이 충분하게 들어갈 수 있는 공간이 있다. 이곳은 음지로서 아주 더운 여름철 물질 작업 때에도 들어오면 한기를 느낄 수 있다. 갑작스러운 비가 올 때는 비를 피할 장소로 사용되었다.

유정씨의 말대로라면 팔년 전의 저도 이 안내문을 분명 읽었겠는데 기억에 없습니다. 좀 무서운 생각이 들어 팔을 감쌌습니다. 이렇게 기억이 나지 않을 수가 있나 싶어서요. 내가 스케치했다는 해녀들과 불턱과 바다라는데 나는 모두 처음 대하는 느낌이었습니다. 내 옆에 서서 나무 팻말에 쓰인 안내문을 같이 읽던 유정씨가 아, 감탄사를 내뱉었습니다.

── '고망난'이란 말이 구멍 난이라는 뜻이네요.

무엇을 새로 알게 된 사람의 반짝거리는 눈빛, 이 섬 사람은 아니나 이 섬에 대해서는 모르는 게 없는 것 같던 유정씨가 '고망난'이라는 뜻을 알게 되는 순간에도 숨비소리가 들렸습니다.

　─이리 와보세요.

　유정씨가 고망난 불턱을 향해 걸음을 옮겼습니다.

　─어서 와보세요!

　유정씨 목소리에 힘이 실려 있었어요. 내게 보여줄 게 있다더니 고망난 불턱이었을까요? 고망난 불턱 주위엔 바위들이 울뚝불뚝 장관을 이루고 있었습니다. 그 사이를 걸을 때면 검은 바다벌레들이 우르르 구멍 속으로 들어가기도 하고 튀어나오기도 하더군요. 고망난 불턱에 다가가 앉아보니 유정씨가 어서 와보세요,라고 할 만했습니다. 바다를 향해 있는 거대한 현무암 사이로 정말 일고여덟 사람쯤은 거뜬히 들어갈 수 있는 구멍이 나 있었어요. 물때가 그런 때일까요? 층층이 쌓여 있는 구멍 난 바위 안으로 바닷물이 쓸려와 출렁거렸습니다.

　─여기 앉아서 저길 보세요. 그때 여기쯤 앉아서 스케치했을 것 같아요.

　유정씨가 앉으란 곳에 앉아 유정씨가 가리키는 저기를 보니 해녀들이 물질하는 모습이 한눈에 들어왔습니다. 그들은 망망대해의 바다에 떠서 휘리릭 휘리릭 숨비소리를 내며 바닷물과 장단을 맞추고 있었습니다. 불턱에 앉아

서 물질하는 해녀들을 바라보며 숨비소리를 듣는 우리는
둘 다 말이 없어졌습니다. 자연스럽게 그리되었어요. 귀
에 쌓이는 파도 소리와 해녀들의 숨비소리. 우리는 그렇
게 오래 앉아 있었습니다. 넘볼 수 없는 대자연 속에서 숨
비소리를 내며 물질을 하는 해녀들을 저절로 발생한 침묵
속에서 바라보기만 했지요. 유정씨가 자전거를 타러 가
자,고 한 말은 숨비소리를 들으러 가자,라는 말이기도 했
구나, 알게 된 순간이었습니다.

다시 유정씨가 먼저 일어나더니 이제 가요, 했습니다.

— 어디로요?

내가 묻자 유정씨가 그럼 여기서 살게요? 농담을 하면
서 웃었습니다.

— 오늘 보여드리고 싶은 게 있다고 했잖아요. 거기
가요.

유정씨가 내게 보여주고 싶은 것은 해녀들의 숨비소리
가 아니었나봅니다. 일어서는 유정씨를 따라 구멍이 숭숭
난 현무암들을 밟고 다시 자전거가 있는 곳으로 돌아올 때
까지도 휘파람 소리 같은 숨비소리가 그치질 않았습니다.

해녀들의 숨비소리를 듣던 해변에서 유정씨와 저는 자
전거를 타고 거의 사십분을 달렸네요. 저는 유정씨 뒤를

따라갈 뿐으로 유정씨가 저를 어디로 안내하는지 알 수가 없었어요. 바람이 웃옷에 달린 후드를 자꾸 벗겨내려서 한 손으로 후드를 다시 머리에 쓰려고 하며 유정씨 뒤를 따라 자전거 페달을 밟았습니다.

해안도로를 건너서 접어든 마을로 들어가는 길가에는 돌담이 낮게 쌓여 있었습니다. 마을로 들어섰으니 어느 집으로 들어가려나보다 생각했는데 유정씨는 제 예상과는 달리 구불구불한 돌담길을 돌고 돌아 마을을 빠져나왔어요. 지나치면서 일별한 마을 안은 바깥에서 볼 때와는 달리 아기자기했습니다. 아름드리 후박나무들이 여기저기에서 모습을 드러냈는데 새 손길로 단장한 걸 보니 도시에서 내려온 사람들이 마을에 꽤 상주하는 듯이 여겨졌어요. 오래된 돌집들이 유리창을 달고 수리되어 있는 모습이 종종 눈에 띄었거든요. 담이 낮은 카페도 있었습니다. 카페 앞에는 고양이 한마리가 나무의자에 앉아 졸고 있었는데 카페 이름이 바다는 안 보여요,여서 다시 한번 기웃했습니다. 공방도 보였고 사진관도 있었으며 심야식당이라는 간판도 보였어요. 심야식당 앞에 세워놓은 메뉴판을 지나가며 슬쩍 보니 도시의 이자카야 메뉴판에서 흔히 볼 수 있는 일본식 생선구이나 닭요리들이 쓰여 있더군요. 내가 메뉴판에 관심을 두는 듯하자 유정씨가 이 마을에 유난히 이주자들이 많이 산다고 말했습니다.

— 왜 하필 이 마을에요?

— 이 섬의 동쪽 중에서는 이 마을에 제주스러움이 가장 많이 남아 있거든요.

도시에서 이주해 온 사람들은 제주스러움이 많이 남아 있는 이 마을을 선호해서 마을의 빈집을 빌려 수리를 하고 거기에 빵집을 내기도 하고 미용실을 내기도 한다고 했습니다. 자전거 위에서 초등학교 운동장 한쪽을 차지하고 있는 아름드리 후박나무를 바라봤습니다. 후박나무는 저 자리를 수백년 동안 지키고 서서 도시에서 물러나온 사람들이 이 마을에 숨어들어 도자기를 굽고 사진을 찍고 요리도 하는 걸 지켜봤겠지요. 이주자들도 자주 그 후박나무 아래를 서성였겠지요. 운동장에 파란 잔디가 깔려 있고 달리기를 할 수 있게 하얀 선이 그어져 있고 선 앞에 숫자들이 쓰여 있기도 했습니다. 1.2.3.4.5. 숫자들을 보니 그 숫자 앞에 서서 호루라기 소리를 기다리며 달릴 준비를 하고 서 있는 어린 학생들 모습이 떠올랐다 사라졌습니다. 내가 초등학교 앞에서 아예 자전거에서 내려 안쪽을 기웃거리자 유정씨가 어서 와요, 나를 불렀어요.

— 한참 더 가야 해요.

유정씨는 나를 데리고 어디를 가려는 것인지 서두르기까지 했습니다. 나는 초등학교 운동장을 굽어 내려다보는 후박나무 아래로 걸어들어가 앉아 있고 싶었으나 다시 자전거 위로 올라가 페달을 빠르게 굴려 유정씨를 따랐습니다. 유정씨는 다시 속도를 내서 도로의 건널목을 건너고 바로 이어서 로터리를 돌더니 내가 잘 따라오나 확인하는 듯 한번 돌아보고는 양편에 풀숲이 펼쳐지는 소롯한 길로 접어들었습니다.

— 저 오름이 다랑쉬예요.

유정씨가 왼편으로 모습을 드러낸 오름을 가리켰어요.

— 흔히들 다랑쉬오름을 두고 오름의 여왕이라고들 해요.

— ………

— 다랑쉬오름 주변엔 사라진 마을들이 있어요.

— 사라진 마을.

유정씨는 사라진 마을을 품고 있다는 다랑쉬오름으로 가지 않고 주변길로 다시 나왔습니다. 다랑쉬오름 맞은편의 오름을 내가 바라보자 유정씨가 예쁘죠, 하면서 웃었습니다.

──아끈다랑쉬여요.

　아끈다랑쉬는 마치 다랑쉬오름의 딸처럼 보였습니다.
다랑쉬오름이 마치 품 넓은 어머니처럼 뒤에 서서 아끈다
랑쉬를 품고 있는 형상이었어요. 다랑쉬가 장엄하다면 아
끈다랑쉬는 나지막하고 다정해 보였습니다. 내가 두 오름
을 번갈아 응시하자 유정씨는 저 아끈다랑쉬에 고사리가
많아요, 가을엔 억새밭이 되기도 해요, 하더군요. 봄에는
고사리가 자라고 가을엔 억새가 자란다는 얘기를 저렇게
쓸쓸하게 말할 수도 있구나, 생각하는데 유정씨가 다시
자전거 위로 올라가 페달을 밟았어요. 나를 다랑쉬오름으
로 데리고 갈 게 아니었나봅니다.

　다랑쉬오름에 오르는 게 아니라 오름을 둘러싼 길을
유정씨는 계속 달렸습니다. 길이 좁아졌다가 넓어졌다가
했어요. 높다랗게 자란 풀들이 바람에 기울어져 자전거
쪽으로 기울어지기도 했습니다. 좁은 길 양편으로 대나무
가 바람에 쓸려 수수수, 소리를 내기도 했죠. 처음에는 유
정씨가 나를 어디로 데려가려고 하나, 생각했지만 댓잎들
이 자전거에 부딪히는 좁은 길을 달려가는 동안에 머릿
속이 텅 비는 느낌이었습니다. 아무 생각도 나지 않았어
요. 사실 유정씨가 나를 데리고 가려는 곳이 어디라도 나

는 상관없었겠지요. 유정씨가 물이 고여 있는 길을 지나
고 다시 앞이 트인 돌무더기가 쌓인 길을 지나는 걸 따라
만 갔습니다. 그러던 중 내 눈 속으로 돌무더기 사이사이
에 핀 하얀 꽃들이 들어오더니 어떤 남자가 꽃을 꺾고 있
는 게 보였습니다. 남자 앞을 지나가려던 유정씨가 우리
도 꽃을 좀 가져갈까요? 하면서 남자가 세워놓은 자전거
옆에 타고 온 자전거를 세워뒀습니다. 나도 따라서 유정
씨 자전거 옆에 내가 타던 자전거를 세웠지요. 모르는 남
자는 우리를 힐끗 바라보더니 흰 꽃 몇송이를 들고는 다
시 자전거를 타고 길을 떠났어요. 곧 남자는 우리 눈앞에
서 멀어졌습니다. 자전거 뒤에 매달아놓은 흰 꽃들도 멀
어졌어요. 내가 뻘쭘하니 서 있는 동안 유정씨가 돌무더
기 사이에서 꺾은 꽃으로 꽃다발을 만들어 내게 내밀었습
니다.

　―이따가 이거 굴 앞에 두셔요.

　―굴요?

　―다랑쉬굴을 찾아가는 길이거든요.

　다랑쉬오름으로 올라가지 않았던 것은 다랑쉬굴을 가
기 위함이었나봅니다. 유정씨가 내미는 들꽃으로 만든 꽃
다발을 받으면서 그제야 수풀 속에서 다랑쉬굴 가는 길이

라는 표지판을 읽었습니다. 이곳의 중산간 지대에 와 있으면 여기가 섬이라는 걸 잊습니다. 더구나 자전거를 타다가 돌을 채굴하는 채석장을 만난다거나 할 때는 더욱 그렇지요. 다랑쉬오름, 다랑쉬굴,이라고 발음해보는데 바람이 입속으로 진입해 나도 모르게 입이 꾹 다물어졌습니다. 다랑쉬굴은 마을과는 꽤 떨어진 곳에 있는 듯했어요. 유정씨가 달리는 길은 대로변과는 완전히 헤어지고 이어지던 소롯한 농로는 점점 더 좁아졌습니다. 길인데도 달린다는 느낌이 아니라 한없이 빠져드는 기분이 들 정도로요. 농로로 접어들면서는 자주 다랑쉬굴 가는 길이라는 표지판이 다시 눈에 띄었습니다. 4·3 유적지라는 표지와 함께요. 이 섬의 대지는 겨울에도 푸릅니다. 수돗물이 어는 법이 없을 만큼 바람이 불어도 땅 밑은 따뜻한 편이라더군요. 겨울의 땅 밑에서도 무며 당근이며 콜라비 같은 것들이 자라지요. 겨울에도 그러한데 이 섬에 봄이 오면 그 초록이 어떠하겠는지요. 길이 좁아질수록 오히려 눈을 들어보면 눈이 시디실 정도의 초록이 펼쳐지곤 했습니다. 그리고 이어지는 적막. 사람들은 모두 어디로 간 것일까. 사방을 둘러봐도 지나가는 사람 하나 없었어요. 그저 초록들이 혹은 그 사이로 피어오른 봄 들꽃들이 바람을 맞으며 이리저리 휘어지다가 다시 일어서고 있었습니다. 그리고 허공을 날아다니는 새소리가 귀에 들렸습니다. 어느쯤에서 유정씨가 자전거에서 내렸습니다. 뒤따라오는 나를 기다리다가 내가 가까이 가자 유정씨가 자전거를 끌고 걸었어요. 나도 자전거를 끌면서 유정씨 뒤를 다시 따랐습니다.

─다랑쉬오름 안에 마을이 있었는데 그때 사라졌다고 해요.

─그때요?

─4·3 때요.

─마을이 통째로 사라졌다고⋯⋯

유정씨의 목소리가 바람에 날렸습니다.

─이곳에 와서 다랑쉬오름 얘기를 많이 들었어요. 오름에 오르려거든 다랑쉬에 올라가보라고들 해요. 어느 날 다랑쉬오름을 올라보려고 이곳을 지나다가 돌에 새겨진 잃어버린 마을 표석을 먼저 읽게 되었는데⋯⋯ 그걸 읽었을 때의 전율이 지금도 생생해요. 그날 나는 다랑쉬오름에 올라가지 못했어요. 마음이 너무 가라앉아버려서⋯⋯ 나중에 알고 보니 이 섬의 특히 이 지대는 잃어버린 마을이 한두곳이 아니었어요. 여기 중산간 지대가 공비

출몰 지역으로 낙인찍히면서 어제까지 밥 지어 먹고 살던 민간인들의 집들이 하루아침에 불에 타버린 얘기를 수도 없이 들었네요. 저렇게 터만 남아 있는 곳이 많았어요.

　—사람들은요?

　—강제로 해안 마을로 이주되었다고 해요…… 저기도 터만 남아 있네요.

　자전거 핸들 위에 내려놓았던 한 손을 들어 유정씨가 먼 옆쪽을 가리켰습니다. 버려진 듯한 돌담과 집터들이 무성히 우거진 풀숲 속에 놓여 있었습니다. 풀숲 사이로 새들이 날아가고 맥락 없이 불쑥 솟아 있는 나무 한그루도 보였습니다.

　—들어가보면 깨진 기와며 그릇들의 파편이 남아 있기도 해요.

　—들어가봤어요?

　—네, 자주요.

　나는 유정씨의 등을 물끄러미 바라보았습니다. 네,라고 대답한 유정씨의 등은 단정해서 고독해 보이기까지 했습니다.

　—지금 쓰고 있는 그 테이블…… 저 사라진 마을에 남아 있던 잔해들을 모아서 만든 것이어요.

—내가 쓰고 있는 거?

—네.

그제야 유정씨가 이 섬에서 하는 일이 무엇인지 깨달았습니다. 유정씨가 이 섬에서 사라진 것들을 사진으로 찍고 기록하고 조각하고 있었다는 것을요. 팔년 전이나 지금이나 유정씨의 배려 아래 내가 쓰고 있는 테이블도 그중의 하나라는 것을요. 내가 묵고 있는 유정씨의 집 마당에 이 섬의 흙으로 만들어놓은 지도의 의미도 그때야 깨달았습니다. 언젠가 유정씨가 했던 나는 이 섬에 붙들렸어요, 하는 말의 의미들이 한꺼번에 베일을 벗는 느낌이었습니다.

—어?

유정씨가 나를 돌아다보더니 눈짓으로 한쪽을 가리켰어요. 그곳에 자전거 한대가 세워져 있더군요.

—좀 전에 우리랑 함께 꽃을 꺾었던 사람도 여기에 왔나봐요.

그 남자의 목적지도 다랑쉬굴이었나봅니다. 유정씨가 바람과 햇빛 아래 혼자 세워져 있는 자전거 옆에 자신의 자전거를 세우길래 나도 그 옆에 타고 온 자전거를 세우니 자전거 세대가 나란히 서 있게 되었어요. 유정씨가 내게 꽃을 챙기라면서 이제 다 왔어요, 했습니다. 그사이에 얼마간 시든 들꽃다발을 들고 유정씨 뒤를 따르다가 다랑쉬굴의 표지판을 보았습니다. 표지판은 오랜 비바람 속에서 있었는지 얼룩덜룩하고 어떤 문장은 닳고 그 자리에 먼지가 쌓여 읽을 수가 없었어요. 먼지가 어지럽힌 글씨를 읽으려고 하니 저절로 눈이 가느스름해졌습니다. 내가 황량한 표지판 앞에 붙박인 듯 서 있자 굴 쪽으로 걸어가던 유정씨가 내게 돌아왔습니다.

— 여기 쓰인 내용이 사실인가요?

— 네.

밭을 휘돌아온 바람이 휭, 소리를 내며 유정씨와 나를 후려치고 지나갔습니다. 그리고 남는 적막. 새소리가 왁자하게 들리는 것 같더니 잠시 후에 다시 사방이 적막해졌어요.

— 저기가 굴이에요.

바람 소리와 새소리 뒤에 어김없이 깊은 구덩이처럼 남는 몇번의 적막을 지나 유정씨가 다시 굴 쪽으로 걸어갔습니다. 누군가 앞장을 서고 그 뒤를 따라가면 된다는 게 다행으로 여겨지더군요. 입이 마르고 혀가 바짝 타서 목이 아플 지경이었어요. 그랬군요. 나는 굴이라고 하길래 굴의 입구가 있고 그 입구를 통해 굴 안으로 들어갈 수 있는 줄 알았습니다. 다랑쉬굴은 입구를 찾기가 힘들기까지 했습니다. 돌무더기와 흙길과 풀숲을 건너서 유정씨가 여기입니다,라고 가리킨 다랑쉬굴은 커다란 바위가 입구를 막고 있었어요. 흙이 묻은 작은 돌들이 바위 사이사이의 틈을 막고 있었습니다. 그럼에도 돋아난 푸른 넝쿨들은 서로 엉켜 있었습니다. 한대 세워져 있던 자전거 주인은 짐작했던 대로 그 들꽃을 꺾던 남자였습니다. 그의 모습은 보이지 않았지만 봉쇄된 굴 앞에 그 남자가 만든 들꽃다발이 놓여 있었어요. 누가 버린 것일까요? 얼핏 평지로 보이는 굴 저편에 한 귀퉁이가 깨진 커다란 빈 항아리 속으로 바람이 몰려들어 울리는 윙윙 공명음을 들으며 나도 모르는 남자의 꽃다발 옆에 들쑥날쑥 묶은 꽃다발을 내려놓았습니다.

꽃다발을 내려놓으며 1948년,이라고 웅얼거렸네요.

유정씨와 내가 자전거를 타고 지나오면서 해녀들의 숨비소리를 들었던 그 해안 마을 이름은 종달리라고 합니다. 하도리는 종달리와 가까운 또다른 어촌 마을이라고요. 1948년 하도리와 종달리에 살고 있던 주민 열한명이 공비를 토벌하러 온 토벌대를 피해 이 다랑쉬굴에 숨었습니다. 공비를 토벌한다는데 왜 마을 주민들이 피신을 해야 했을까요? 그들은 산에서 무장활동을 하던 사람들이 아닌 일반 양민이었다는데요. 그만큼 토벌이 무자비했다는 의미이기도 하겠지요. 양민들이 겁을 먹을 만큼요. 종달리와 하도리에 살던 서너 가구의 식구들이 토벌대를 피해 다랑쉬굴로 피신을 해서 그 굴 안에서 살았다고 해요. 토벌대가 지나가기를 기다렸겠지요. 다랑쉬굴로 피난 온 사람들 중엔 여자도 있었고 아홉살 난 아이도 있었다는군요. 내가 쉽게 다랑쉬굴을 찾아내지 못했듯이 굴은 토벌대에게도 쉽게 발견될 수 없는 모습이었습니다. 얼핏 보면 밭과 논과 돌무더기 사이에 있어서 낯선 사람들은 거기에 굴이 있을 거라고는 짐작할 수 없는 위치에 다랑쉬굴이 있었지요. 그런 이유로 그들은 다른 곳이 아닌 다랑쉬굴로 피신을 했겠지요. 토벌대가 어떻게 이 굴을 발견했는지는 밝혀지지 않아 알 수가 없습니다. 바람과 먼지와 돌과 풀들 속에서 숨어든 사람들을 품고 있는 다랑쉬굴을 발견한 토벌대가 입구에 불을 지피고 수류탄을 굴속으로 던지며 겁에 질려 숨은 사람들을 향해 나오라고 했으나 숨은 사람들은 더욱더 깊은 굴 안으로 들어갔다고 합니다. 여자와 아홉살 난 아이가 섞여 있던 주민 열한명

은 굴 안에서 끝까지 나오지 않았습니다. 토벌대가 조그
마한 빌미를 가지고도 마을 사람들을 어떻게 다루어왔는
지를 눈앞에서 보아온 사람들이라 밀려드는 연기를 피해
더욱 굴 안으로 안으로 숨어들었던 거지요. 종내 굴속에
서 숨어 지내던 열한명의 주민들은 굶주림과 토벌대가 지
핀 불과 연기에 질식해서 모두 사망했다,고 표지판에 쓰
여 있었습니다. 모두 사망했다,라는 문장을 읽는 중에도
굴의 입구를 막고 있는 커다란 돌들 사이로 바람이 불었
습니다.

그로부터 44년이 지난 후에야 다랑쉬굴 내부에서 열한
사람의 유골을 찾아냈다고 합니다. 그해에 태어난 아이가
있었다면 발굴 당시 마흔네살이 되었겠군요. 유골 옆에
는 무쇠솥이 걸려 있고 구덕이며 석쇠와 항아리, 물허벅
같은 유물들이 함께 있었다고요. 간신히 목숨을 부지하고
있었을 때 그들은 저 굴 안에서 무얼 하고 있었을까요. 그
굴 안에서 밤마다 몰아치는 이 섬의 거친 바람 소리를 들
으면서요. 유골은 매운 연기가 폐부를 타고 들어오는 고
통으로 인해 가슴을 부여안고 쓰러진 모습들이었다고 하
는군요. 아홉살이었다는 아이는 소년이었을지요, 소녀였

을지요? 굴 밖에서 연기를 피운 사람들은 알았을까요, 그 연기가 아직 젊은이도 되지 못한 아이의 폐부를 뒤틀리게 했다는 것을.

　— 할머니를 보내고 보건교사로 혼자 지내는 동안에는 어디에 정착해야 할지를 모르겠어서 떠돌아다녔어요. 단순한 여행으로 이 섬에 처음 왔을 때가 생각나네요. 송당의 어디쯤에서 이런 표석과 마주쳤어요. 사람이 죽은 얘기가 담담히 쓰인 표석을 본 뒤부터 이 섬에 자주 왔어요. 그러니까 표석을 찾아내고 그 내용을 읽으러요. 어느 날인가 이 다랑쉬굴 앞의 표석 앞에 서게 되었을 때 바람이 너무 휘몰아쳐서 날아가버릴 것 같은 날이었는데 내 숨은 내 것인 것만이 아니라는 생각이 들더군요. 다 살지 못한 사람들 몫까지 내가 함께 살고 있는 것이구나, 하는 생각요.

　— ……

　— 이 열한 사람의 목숨은 44년이 지난 후에야 발굴이 되었지만 제대로 애도되지 못했어요. 유해들은 아주 급히 화장되어 김녕 앞바다에 뿌려졌고 지금 보는 것처럼 이 굴 입구는 이렇게 봉쇄되어서……

　— 유물들은요?

—굴을 봉쇄할 때 유물들도 같이 봉쇄했다고 하던
데……

　　—왜요?

　어제까지만 해도 바깥으로는 한걸음도 나오려고 하지
않았던 내가 다랑쉬굴 앞에서 왜요?라고 유정씨에게 질
문을 하고 있었습니다.

　유정씨와 나는 봉쇄된 다랑쉬굴 앞에 오래 앉아 있었
습니다. 굴 앞에 들꽃다발을 두고 사라졌던 모르는 남자
가 저 아래 밭에서 걸어 올라오는 것을 바라보면서요. 그
남자는 무엇을 살피려고 저 밭에까지 내려갔을까요? 남
자는 밭에서 올라와 우리와 조금 떨어진 곳에 앉았습니
다. 유정씨와 나는 그를 모르고 그 또한 우리를 모르지만
우리는 같은 날 같은 시간에 다랑쉬굴 앞에 그렇게 앉아
있었습니다. 봉쇄된 다랑쉬굴 앞의 들꽃다발이 숨이 죽
어 시들해질 때까지요. 가끔씩 나란히 세워져 있는 자전
거 세대에 시선이 가기도 했습니다. 시야 저 멀리 용눈이
오름 쪽에도요. 밭과 밭 사이의 비포장길에서 일어나는
먼지들도요. 귓속으로 바람 소리가 윙윙 깊이 차오르는
어느 순간 희미하게 팔년 전의 내가 여기에 앉아 있는 모

258

습이 떠올라서 가만 눈을 감았습니다. 그랬군요. 까마득
히 잊고 있었는데 팔년 전의 나도 이곳에 앉아서 바람 속
에 서 있는 표지판 속에 쓰인 모두 사망했다,를 읽었군요.
그때 내가 이 다랑쉬굴도 스케치했을까요? 몹시 궁금해
져서 유정씨를 바라보았습니다. 눈이 마주친 유정씨가 속
눈썹이 감기도록 웃어주었습니다. 어서 저 자전거를 타고
돌아가 마당의 창고 문을 열어보고 싶은 욕망에 허리가
반쯤 펴졌습니다. 전하고 싶은 고통스러운 뒤틀린 선들이
발작한 알레르기처럼 툭툭, 붉어져 올라왔다가 뭉개지는
걸 느낍니다. 저만큼 떨어진 곳에 앉아 있는 모르는 남자
의 등을 물끄러미 바라봤습니다. 다랑쉬굴로 가는 표지판
들이 수풀에 우거져 가려져 있어도 누군가는 저렇게 자전
거를 타고 와 바람과 먼지에 지워지고 끊긴 길 끝에 놓여
있는 봉쇄된 굴을 찾아내 그 앞에 꽃을 바치는군요. 옆에
앉아 있는 유정씨의 어깨에 나도 모르게 가만 머리를 기
댈 때 예상치 못한 두려움이 몰려듭니다.

　선생님, 저를 잊지는 않으셨는지요?

　불현듯 선생님이 저를 잊었을지도 모른다는 생각만으

로도 눈이 훅 시어집니다.

꽃이 지고 바람이 불고 비가 내리고 눈보라가 칩니다. 엄마, 울지 마, 어느 결에 딸의 보드라운 숨결이 제 어깨를 덮고 따뜻한 이마가 제 어깨에 닿은 것도 같습니다. 선생님 남편은 웨스트체스터의 숲속에, 친구는 뮌스터의 굴참나무 숲속에, 내 딸은 여기 강화도의 소나무 숲속에 있군요. 언젠가 딸은 나를 알아보기는 할까요? 이렇게 형편없이 일그러진 제 얼굴을요. 다랑쉬굴 앞에 함께 앉아 있어주던 모르는 남자가 이제 이 벌판을 떠날 모양인지 세워둔 자전거 곁으로 걸어가는 모습이 시디신 눈 속으로 차오릅니다. 이젠 여기 없는 존재들을 사랑하고 기억하다가 곧 저도 광활한 우주 저편으로 사라지겠지요. 바람과 먼지와 들꽃들이 일렁이는 이 황량한 벌판에 버려진 텅빈 항아리에 선생님께 전해드리고 싶은 이야기들이 모여드는 게 느껴져 제 얼굴이 붉어집니다. 무엇을 그릴 수 있을지는 모르겠으나 이런 날이 오기도 하는군요. 어서 유정씨의 마당으로 돌아가 잠긴 창고의 문을 열어보고 싶어 모르는 남자를 따라 저도 가만 몸을 일으켜봅니다.

선생님,

어디로도 가지 마시고 저를 잊지 마시고 조금만 더 기다려주셔요, 조금만요.

나는 지금 일을 보러 뉴욕에 잠깐 와 있고 아침을 맞이
하고 있다. 여기서 내가 가장 자주 하는 일은 시간을 보는
일. 시계를 볼 때마다 여기 시간에 한시간을 보태서 뒤집
으면 한국 시간이라고 일러준 젊은 친구의 말을 기억해낸
다. 여기가 아침 일곱시이니 서울은 저녁 여덟시. 어머니
가 저녁기도를 마치고 주무실 채비를 하는 시간이다. 전
화를 걸어본다. 오늘은 뭐 하셨어요? 묻고 가만히 들어보
는 오늘 하루 어머니의 일상. 어제와 다를 바 없는 게 감
사하다. 어머니는 작별인사로 행복해라잉! 하신다. 행복?
반문하면서도 수화기에 대고는 다소곳이 예, 대답한다.
행복하라고 주문하는 어머니의 목소리를 언제까지 들을
수 있을 것인가. 언젠가, 어쩌면 곧 이 목소리가 사무쳐서
눈이 시어지는 날이 닥치겠지.

「봉인된 시간」은 오래전 뉴욕에서 일년간 체류했을 때 알게 된 분을 화자 삼았다. 자신은 돌아갈 수 없는 고국에서 와 곁에 머물렀다 떠난 이에게 쓰는 편지 형식이다. 외교관 신분인 남편의 삼년 근무를 위해 두 아들을 데리고 모국어를 떠났다가 뜻하지 않은 한국사에 연루되어 여태 돌아오지 못한 그분의 육성이 들리길 바랐다. 내가 쓴 것은 그분의 삶 한토막에 지나지 않는데다 소설이라는 허구에 기대고 있기까지 해서 다시 읽는 내내 송구한 마음이 일렁거리고 긴장이 되었다. 시작할 땐 몰랐지만 함께 나눈 얘기들, 주고받은 이메일, 그분이 쓴 글들이 작품의 밑알이 되도록 허락하신 게 이 연작소설의 서두를 열어준 셈이다.

내가 서른을 앞두고 있을 때 공부하러 모국어를 떠났던 친구가 오래오래 돌아오지 않고 먼 곳에서 살다가 더 먼 곳으로 떠나는 일이 닥쳤다. 이런 느닷없는 작별 앞에 서게 될 줄은 짐작을 못했다. 어찌할 바를 모르고 헤매다가 어느 날 내가 노트에 분노에 차서 적어둔 욕설을 읽게 되었다. 누구에게였을까? 신에게? 그 메모를 들여다보다 「배에 실린 것을 강은 알지 못한다」를 쓰기 시작했다. 섬에 있는 작은 서점에서 어느 밤에 이 작품을 몇사람이 돌아가며 소리 내 낭독했다는 얘기를 들었을 때 그가 여기 있고 내가 쓴 것을 읽어주었다면 그는 뭐라 했을까? 생각하다가 고개를 저었다. 그가 여기 있었으면 쓰여지지 않았을 것이니까. 그 편이 그에게나 나에게나 좋았을 것이다. 인생의 끝까지 함께 가지 못해서 여기에 쓰여졌고 남은 자의 시간 속에 그의 몫이 포함되어 있음을 느낀다. 탈고를 마친 후 원고를 그의 가족에게 건넸다. 그의 가족과 나는 커피 잔을 앞에 두고 잠시 한 방향을 우두커니 바라보다가 급한 일이 있는 것처럼 헤어졌다. 그때 그가 남긴 것들이 이렇게 존재하기도 함을 공감해준 것에 다시 감사드린다.

「작별 곁에서」는 제주라는 공간이 쓰게 했다. 지난 수년 동안 나는 마음이 곤두박질칠 때나 알레르기가 올라오는 가려운 몸을 다스리기 위해 제주의 거친 땅과 해풍 사이를 자주 걸어다녔다. 그때마다 일부러 찾지도 않았는데 어디에나 방치되어 있는 묘지들을 만났고 모두가 사망했다,와 같은 비문이나 표석들과도 자주 마주쳤다. 바람 속에서 모두가 사망했……라는 먼지 쌓인 문장을 손바닥으로 닦아보다가 그 앞에 주저앉아 바람이 잠잠해질 때를 기다리기도.

　어느 순간 예기치 않은 일들로 삶의 방향이 틀어져버린 사람들의 작별이 희미하게 서로 연결된 채 여기 있다. 이 연작소설을 이루는 세통의 긴 편지가 어디에 도착할지는 알 수 없는 일이다. 당신이 수신하기를 바란다. 그들의 간절한 발신음들이 당신을 만나 서로 손이 닿기를. 희망을 안고 탔던 배는 종종 난파되어 우리를 목적지에 데려다주지 않는다. 배는 폭풍우가 몰아치는 바다 위 알 수 없는 곳에 우리를 내려놓고 부서져버리기도 한다. 그럼에도 부서진 그 자리에서 다시 살아봐야 하는 것이 숨을 받은 자들의 몫이라는 말을 당신에게 하고 싶었는지도. 부서지려는 사람에게 내가 할 수 있는 게 고작 이 독백형의 세통의 편지를 쓰게 하는 일뿐이었다. 다만 쓰는 동안 나 자신이 저쪽으로 가봐야겠다는 생각으로 몸을 일으키기도 했으니 읽는 당신도 한발짝 앞으로 나아가보고 싶은 마음이 들기를.

　익숙한 내 책상을 떠난 곳에서 위축된 채 작가의 말을 쓰는 사이 여기는 밤이 되었다. 서울은 이제 아침이 되었겠다. 어머니가 아침기도를 마칠 때쯤 전화를 드려보려고 시계를 본다. 『작별 곁에서』의 화자들과 달리 나는 며칠 후면 서울로 돌아간다. 떠나온 곳으로 돌아가는 일. 내게는 별일 아닌 이 과정이 어떤 분에겐 일생 동안 이루어지지 않는 일임을 느낄 때 마음의 분란이 잦아들고 특별할 것 없는 일상에 조용히 복무하게 된다. 내가 다시 돌아갈 서울은 나 없는 사이에 온 산을 물들이던 꽃들이 다 졌겠지. 봄꽃이 한창일 때 보행기에 의지해 걷는 어머니를 앞세우고 홍제천을 산책한 적이 있다. 내가 앞산을 가리키며 산에 꽃이 많이 피었어요, 하자 어머니가 "가서 보듬고 내려오고 싶을 만큼 이쁘구나" 하셨다. 며칠 후에 내가 뉴욕에 다녀와야 해요, 하자 어머니는 내 딸이 비행기를 탄다고 하니 "보듬어다 내려놓은 것처럼" 다녀오게 해달라고 기도하겠다고 하셨다. 그때마다 나는 늙은 어머니를 물끄러미 바라본다. 어찌 아무렇지도 않게 이런 표현을 하시나…… 싶어서. 작가는 내가 아니라 어머니인 것 같아서.

나는 메말라가지만 내가 어떤 글을 쓰든 그 글들이 종내는 작별 옆에 서 있는 사람들의 어깨를 보듬어주는 온기를 품고 있기를 바라본다. 그리하여 당신이 사랑한 것, 마음이 묻어 있는 것들과 온전하게 작별할 수 있기를. 지금 내게는 작별하는 일이 인생 같다.

2023년 봄
신경숙 씀

작별 곁에서

초판 1쇄 발행 • 2023년 5월 3일

지은이 / 신경숙
펴낸이 / 강일우
책임편집 / 박지영
조판 / 황숙화
펴낸곳 / (주)창비
등록 / 1986년 8월 5일 제85호
주소 / 10881 경기도 파주시 회동길 184
전화 / 031-955-3333
팩시밀리 / 영업 031-955-3399 · 편집 031-955-3400
홈페이지 / www.changbi.com
전자우편 / lit@changbi.com

ⓒ 신경숙 2023
ISBN 978-89-364-3901-9 03810